Ulrike Wendt

Reise nach Nidden

Originalausgabe
Korrigierte Erstfassung

Ulrike Wendt

Reise nach Nidden

Bibliographische Information der
Deutschen Nationalbibliothek:
Die Deutsche Nationalbibliothek verzeichnet diese
Publikation in der Deutschen Nationalbibliografie;
detaillierte bibliografische Daten sind im Internet
unter www.dnb.de abrufbar.

Gemälde auf dem Umschlag von Ulrike Wendt

© 2022 Ulrike Wendt
Herstellung und Verlag:
BoD – Books on Demand
ISBN 9783755792611

Beißender Rauch

Nur das half gegen die dunkle Nacht: Licht.

Ich ging über die schnurgeraden Krankenhausflure, die in zuverlässigen Abständen von strahlweißem Licht aus Neonröhren geflutet wurden, unerbittlich, damit in keinem Falle etwas verborgen werden konnte.

Licht bestrahlte von oben, ansonsten herrschte physische Leere. Das hatte in allen Hospitälern der Welt so zu sein, damit nichts übersehen werden konnte, und auch, damit kein bösartiger Keim ein Versteck, einen verborgenen Winkel finden konnte, irgendeine Pfütze oder Lache, ein Stück verklebtes Papier oder einen Rest von etwas, das nicht mehr zuzuordnen war, um darin den perfekten Nährboden für das Wachsen einer mörderischen Krankheit zu finden.

Manche der Keime aber versteckten sich gerade hier: In der Halterung der Leuchtkörper, dem Licht abgewandt, dort, wo die gewärmten Kabel aus der Flurdecke traten, denn Platz brauchten sie nicht.

Ich mochte es nicht. Ich mochte das unerbittliche Licht nicht. Es leuchtete immer gleich und gab vor, die Stunden der Nacht austauschbar zu machen, es erzeugte eine Art vorgegaukelter Gleichrangigkeit der Zeit und permanenter Aufmerksamkeit, die es nicht gab.

Ich hatte Nachtdienst in dieser Nacht, in dieser Osternacht, die einerseits ihre Schwärze schon ausgebreitet hatte, die aber andererseits noch viele Stunden mit unberechenbaren Überraschungen zu bieten haben würde. Ich war diensthabende Ärztin, allein. Ja, ich hätte natürlich Hilfe von Kollegen holen können, wenn irgendetwas geschah, das ich allein nicht würde bewältigen können. Im Regelfalle aber war ich allein.

In den Zimmern lagen die Patienten und schliefen, hoffentlich. Auf der Intensivstation surrten zuverlässig die Perfusoren, die Monitore arbeiteten regelmäßig. Den Patienten ging es soweit gut.

Manche von ihnen waren allerdings wach, manche von der Normalstation wanderten hier und da herum, was sie besser nicht tun sollten, denn die Nachtschwester konnte sie so schlechter im Auge behalten. Je weiter aber die Nacht vorankam, desto ruhiger wurde es, stiller, weißer, immer weißer.

In dieser Nacht würden die anderen draußen Osterfeuer abbrennen, bald schon, um sich mit heißen Getränken am Feuer zu wärmen. Ich aber hatte Wache zu halten. Ich aber war zuständig für die Kranken, für alle Fälle.

Zum Glück gab es wenigstens einen Ort der Ruhe für mich. Einen Ort, um aufzutanken, durchzuatmen und neuen Mut zu fassen, um wieder in die weiße Nacht gehen zu können. Dieser Ort war der Aufenthaltsraum meiner Station mit Ellen darin. Schwester Ellen hatte ebenfalls Nachtdienst. Sie war einer der gelassensten Menschen, den ich kannte. Ellen hatte immer eine Lösung, einen Plan, eine Idee. Ihr blieb nichts verborgen. Sie erkannte Verschlechterungen bei den Patienten, wenn die selbst es noch nicht bemerkt hatten.

„Wenn ich mal ins Krankenhaus muss, dann komme ich nur auf deine Station, Ellen." Das sagte ich und meinte es auch so. Ellen hatte alles: Herz und Verstand. Und so war auf ihrer Station auch immer heißer Kaffee fertig. Kaffee, der wach hielt, der ein Schwätzchen zuließ. Außerdem hatte Ellen von Zuhause eine Stehlampe mitgebracht, illegal natürlich. Diese Lampe aber, deren Keimbesiedelung natürlich in keiner Weise geprüft wurde, erzeugte dieses warme, gemütliche Licht, dieses Nachtlicht, das mir so fehlte. So versuchte ich jede Unterbrechung in Ellens Zauberraum zuzubringen. Sie hatte zu tun. Ich hatte zu tun. Aber irgendwie gelang es uns immer wieder, viel zu viel von dem schwarzen Konzentrat in uns einzuflößen. In Ruhe, im Gespräch.

Es war so: Die Nachtdienste hatten auf eine unerklärliche Weise Themen. Manchmal passierte nichts, manchmal alles. Dieser Nachtdienst hatte sein Thema schon preisgegeben. Das Thema hieß: Kopfschmerzen. Die Osterfeuer draußen wurden gerade angefacht, das aufgeschichtete Holz, die knochentrockenen, nadelfreien Tannenbäume nahmen mit einem leichten Knistern das Feuer auf. Noch war die Rauchfahne zart, als ich den ersten Notfall der Nacht in der Ambulanz antraf. Es war eine junge Frau mit Kopfschmerzen. Ihr Blick war unruhig und sie hatte Angst, das sah ich. Sie aber sagte:

„Es ist nicht so wichtig. Ich hab nur diese verdammten Kopfschmerzen. Eigentlich ist es schon wieder besser. Vor ein oder zwei Stunden, da ist es schlimm, sehr schlimm gewesen. Ich dachte, dass mir der Kopf platzt. Aber eigentlich kann ich jetzt auch wieder nach Hause gehen."

Das sagte sie mit dem Flackern der Angst in den Augen, als ich zum ersten Mal den Rauch roch. Er kam durch die geschlossenen Fenster von draußen. Es mussten viele Feuer sein, es mussten große Feuer sein.

Nun, wer in der Osternacht mit Kopfschmerzen ins Krankenhaus geht, der ist krank. Das steht fest. Es ist riskant, es ist gefährlich für die Patientin und für die Ärztin, wenn die Situation unterschätzt wird. Ich fürchtete mich vor der Gefahr, das zu übersehen, was heimlich, ruhig und wortlos in meiner Patientin wirkte. Was sie teils schwere Schmerzen erleben ließ, sich dann aber auch wieder zurückzog, ohne in seiner Bedrohlichkeit nachgelassen zu haben und sie schon näher an den Tod als an das Leben gebracht haben konnte, ohne dass sie selbst das auch nur ahnte.

Deshalb, weil ich das befürchtete, deshalb allein holte ich die Bereitschaft in die Röntgenabteilung, um in den schmerzenden Kopf blicken zu können und nahm die Patientin auf. Sie kam lustlos vom Osterfeuer, die zuständige MTA, sie roch nach Rauch, aber sie verhalf zu dem Einblick in den Kopf, wo sich tatsächlich eine Blutung zeigte, eine sehr gefährliche Blutung, mit der die schwer Erkrankte sofort in eine nahe Neurochirurgie verlegt werden musste. Alles tat ich, damit sie rasch und sicher dort ankam.

Der Rauch nahm zu, er trat durch die geschlossenen Fenster auf den Flur. Erst ab einer gewissen Konzentration schmeckte ich den Biss des Rauches, die kleinen Ascheteilchen, die bitter-erdig und scharf sind, unangenehm, sehr unangenehm im Mund. Das war eingetreten, als ich endlich sicher sein konnte, die junge Frau gut weitergeleitet zu haben. Was aus ihr werden würde, konnte niemand vorhersagen.

Mir blieb nur die Flucht in Ellens Schutzraum. Ellen war dort. Aber sie war nicht allein. Einen ihre Schützlinge, eine Bettflüchtige, hatte sie zu sich gesetzt, während sie ihre Schreibarbeiten machte. Ich kam dazu. Ich erkannte Ellens Schützling als Frau Liskis von Zimmer 5.

Ellen schrieb, Frau Liskis sprach:

„Ja, ja kalt war der Winter, als wir auf die Flucht jehen mussten, weg von Zuhause, weg von Ostpreußen, fort. Der Schnee knirschte ordentlich, der trockene, eiskalte Schnee, als wir losjefahren sind mit dem Pferdewagen und ein paar Sachen drauf, wenig, viel zu wenig. Nacht war's wie jetzt, schwarze Nacht. Die Russen kamen, wir hörten die Geschütze brüllen. ‚Über's Haff müsst ihr, über's Haff!', so hieß es, und: ‚Das jeht noch, da kommt ihr noch durch, alles andere ist dicht. Nur da kommt ihr noch durch!' Und schnell musste es jehen, sehr schnell, Frau Doktor. Die Russen kamen schon. Da sind wir rauf aufs Haff, zugefroren wars, das Wasser. Rüber wollten wir, dahin, von wo man wegkam, in den Westen, übers Wasser, mit Schiffen. Und da isses passiert, das mit mein kleines Rolfchen. Einjebrochen isses, ins Eis, wech wars, einfach so, mein Rolfchen. Ich habs nicht jemerkt, Frau Doktor, so schnell isses jegangen. Verschwunden, unters Eis, nichts mehr zu sehen von dem Kind. Von einem Aujenblick zum anderen hin war mein Rolfchen nicht mehr. Und er war doch noch so klein, ein kleiner Junge war er, ein Jungelchen, mein Rolfchen.

Da ist der Pastor jekommen, der von unserem Dorf, der war mit auf der Flucht. Der hat mir den Arm auf die Schulter jelecht und dann hat er jesacht:

‚Kommen sie zu mir, Frau Liskis, jehen sie mit mir, wir beide beten für ihren Sohn.'"

Frau Liskis sprach nicht mit Ellen oder mir, sie sagte das, was sie sicher schon tausende von Malen gesagt hatte. Ihr Blick ging nach innen, zu ihren Bildern hin.

„So hat er das jesacht, der Pastor, und so ham wir das jemacht, was der Pastor jesacht hat. Aber das Rolfchen, das ist dajeblieben, da unter das Eis und ich bin fort."

Ellen schrieb und ich musste wieder in die Aufnahme, denn die Kopfschmerzen hatten ein neues Opfer gefunden. Diesmal war es ein junger Mann, der in Begleitung seiner Freundin erschien.

„Den ganzen Tag haben seine Kopfschmerzen zugenommen, er ist auch müde und der Nacken tut ihm weh."

Der junge Mann war Maurer von Beruf und sichtlich krank, langsam in Bewegung und Sprache und wollte nur seine Ruhe haben. Als ich ihn untersuchte, fand ich seinen Nacken steif und auch, dass er Infektzeichen hatte. Er wurde sofort aufgenommen. Die Verdachtsdiagnose war, dass er eine Hirnhautentzündung hatte. Da musste dringlich das Nervenwasser untersucht werden, denn es würde erklären, ob und was vorlag.

Ellen und ich mussten ran. Wir mussten etwas von dem Nervenwasser gewinnen, um dem Patienten helfen zu können. Dazu musste mit einer langen Nadel tief unten an der Wirbelsäule, dort, wo kein Rückenmark mehr verläuft, der gut in den Wirbeln eingebettete Schlauch, der das Nervenwasser führt, angestochen werden, vorsichtig, behutsam, entschlossen und in einer nicht zu langen Prozedur.

Es war tiefe Nacht, Mitternacht hieß die Stunde. Der Rauch war unerträglich, aber wir schafften es. Die Frau im Labor war munter, denn ein Nachtdienst ohne Arbeit ist doch furchtbar öde. Da ist die Bestimmung einer Nervenwasseranalyse eine willkommene Abwechslung.

Ich trug die Probe selbst in das Labor und wartete ab, sah zu, damit ich möglichst schnell das Ergebnis hatte. Es bestätigte sich die Hirnhautentzündung, ein bakterieller Infekt.

Ich musste nun wirklich meinen Oberarzt anrufen, um die Therapie zu besprechen und die weiteren Maßnahmen. Er war gnädig und froh, dass er nicht extra kommen musste, denn natürlich war er noch beim Osterfeuer, vielleicht schon auf dem Heimweg, wer weiß. Die Therapie war rasch besprochen, die Prognose für den Patienten günstig.

Ellen und ich tranken nach dieser Aufregung erstmal einen Kaffee und holten Frau Liskis dazu, die Schlaflose, die wir in der Ecke beim Kaffeeautomaten aufgesammelt hatten.

„Setzen sie sich zu uns."

Wir waren erschöpft, es war nun weit nach Mitternacht, die schlimmsten Stunden standen uns noch bevor, die nämlich zwischen drei und fünf, wenn man glaubt, wahnsinnig vor Müdigkeit zu werden. Ich hätte schlafen können, aber der Kaffee und das verschüttete Adrenalin wollten das nicht zulassen.

Frau Liskis saß wie eine Kollegin bei uns. Wir schwiegen, sie sprach:

„Und dann hat der Pastor jesacht:

‚Kommen sie zu mir, Frau Liskis, jehen sie mit mir, wir beide beten für ihren Sohn.'"

Es kam mir so vor, als würde die Geschichte von Frau Liskis immer kürzer. Sie redete und redete auf uns ein. Wir zwei waren hoffnungslos übernächtigt und erschöpft und ergaben uns in unser Schicksal. Wir konnten nichts anderes mehr tun, als dazusitzen, den Kaffee zu trinken, der nun fast kalt war und in stoischer Gleichmut immer und immer wieder Frau Liskis reden zu hören:

„Kommen sie zu mir, Frau Liskis, jehen sie mit mir, wir beide beten für ihren Sohn."

Frau Liskis blickte nach dem Ende ihrer Worte tief in sich hinein, das ging einige Minuten so, dann begann alles wieder von vorn. Sie sprach, sie erzählte. Und nach weiteren Minuten hörten wieder das unabwendliche Ende der Geschichte:

„Kommen sie zu mir, Frau Liskis, jehen sie mit mir, wir beide beten für ihren Sohn."

Wir hörten die nun schon mit stoisch anmutender Gleichmut von Frau Liskis gesprochenen Worte immer und immer wieder. Sie verwandelten sich bald in einen Choral, bald in ein Gebet.

Frau Liskis hielt bei uns aus. Weitere Kopfschmerzen kamen nicht, nur noch ein viel zu langsamer Herzschlag auf der Intensivstation. Erst als der Morgen dämmerte, da ging auch Frau Liskis schlafen. Der Rauch war nun überall, kalt, dumpf und träge hatte er sich in das weiße Licht gemischt, in die Bronchien und hatte sich auf die Krankenakten gelegt, auf die Spritzen, die Infusionen und die Frühstückstabletts.

Diese Nacht konnte ich nicht vergessen.

Nicht nur die Worte von Frau Liskis hatten mich gefangen genommen, sondern auch ihr Blick. Es war, als hätte sie ein Tor in die Vergangenheit geöffnet, ein trauriges Tor hin zu Rolfchen, unter das Eis des Frischen Haffs im Winter 1944/45.

„Es ist so schrecklich, was der Krieg mit den Menschen macht", sagte ich später zu meinem Ehemann.

Er aber, der Vernünftige, Kluge antwortete:

„Aber das ist alles sehr, sehr lange her. Der Krieg ist längst vorbei. Du bist geboren, als er lange schon zurücklag. Du hast gar nichts damit zu tun."

Aber ich befürchte, dass mein Reisewunsch in den Osten, dass dieser Reisewunsch, der seit jener Nacht immer wieder aufflackerte, etwas mit Frau Liskis zu tun hatte, mit Frau Liskis und mit Rolfchen, wer weiß.

Aber ich wollte diese Reise nicht nur aus Traurigkeit unternehmen und weil mich das Leid eingenommen hatte, etwas anderes gehörte noch dazu. Es war das Bedürfnis, mir selbst einen Eindruck zu machen, etwas zu suchen, vielleicht etwas zu verstehen und die Hoffnung, ich mag es kaum sagen, die Hoffnung etwas zu finden, das tröstet.

Auf diese Weise bepackt mit einer verrückten Mischung von Gefühlen, die ich nicht verstand, trat ich etliche Jahre später tatsächlich die Reise in den Osten an, nach Nidden, auf die Kurische Nehrung, zusammen mit meinem Liebsten, der mich treu begleitete, obwohl er sich für seinen hart erkämpften Urlaub erholsamere Ziele vorstellen konnte. Das ist die wahre Liebe.

Tag vor dem ersten Tag

Als die Reise beginnen sollte, spitzte sich alles auf die Abfahrt zu. Jeder kennt das. Alles war an sich klar und fertig. Wir mussten Visa haben, Papiere und Dokumente, die sämtlich vorbereitet waren. Alles war an sich gut. Aber es musste noch gepackt werden. Nur das fehlte.

Ich bevorzugte immer schon das Packen in allerletzter Stunde. Denn wenn ich packe, ist an sich alles erledigt. Die Blumen sind gegossen, die Post ist umbestellt und alle wichtigen Telefonate sind gemacht. So ist das Packen eine lästige, schnell zu erledigende Formsache, ein wenig mehr nur als nichts, das an sich kurz vor Verlassen des Hauses erledigt werden kann. Aber durch zähes Nachfragen meines Mannes und Bereitstellen eines Koffers, der weit geöffnet und leer im Raum lag, war diesmal in ungewöhnlicher Weise schon am Abend vor der Abreise alles gepackt, beinahe jedenfalls.

Denn die besten und beliebtesten Kleidungsstücke sind immer die, die man überwiegend am Leibe trägt. Diese aber sollten vor Antritt der Reise doch noch einmal gewaschen werden und dann natürlich auch getrocknet, denn wer will schon mit nassen Sachen reisen? Also wanderten am Abend noch einige T-Shirts und Radlerhosen („Willst du etwa mit dem Fahrrad dahin?") um kurz vor 20 Uhr aus der Waschmaschine in den Wäschetrockner.

Das war meinem Liebsten zu viel Unruhe und er schlug vor, dass ich bis Mitternacht waschen solle, denn dann könne ich ja ab drei Uhr gerne auch noch zusätzlich bügeln. Dass Bügeln eine der von mir am meisten gehassten Tätigkeiten ist, wusste er natürlich genau. Kurz, die Stimmung war schon entspannter. Aber wer rechnete denn damit, dass sich tatsächlich eine ungewöhnlich stabile Hochdruckwetterlage einrichten würde, mit Kern über Osteuropa, wo sonst. Das erforderte natürlich eine besonders überlegte Anpassung der Bekleidung.

An der Beschäftigung damit führte also leider kein Weg vorbei. Da aber der Wäschetrockner autonom arbeitete, beschlossen wir zwei, auch aus Gründen der Versöhnung, in dieser Zeit in unsere Pizzeria zu gehen.

Aber selbst das sollte zu weiteren Verwicklungen führen, denn wir hatten vergessen, den nun schon gut gefüllten Koffer bei unserer Abfahrt in die Pizzeria zu verschließen. Das war an sich natürlich völlig nebensächlich, wenn nicht unser intelligenter Kater Paul anstehende Trennungssituationen an geöffneten Koffern festzumachen wusste.

Paul kannte das. Schon öfter war es so abgelaufen: erst der Koffer auf dem Boden, dann waren wir verschwunden und er musste für unbestimmte Zeit mit unserer Nachbarin vorliebnehmen. Paul hatte schon einmal in Erkenntnis der anstehenden Trennung seinen Frust und Ärger an den Sachen im Koffer abgelassen, indem er den Koffer kurzerhand zum Katzenklo erklärt hatte.

Zuerst saßen wir noch bei deutlich verbesserter Stimmung in unserem Lokal, allerdings nur, bis uns die Lage des Koffers einfiel.

Weder mein Liebster noch ich mochten uns an unsere Abreise in die Alpen erinnern und schlangen so die Pizzen zu schnell herunter, um so rasch wie möglich zu Kater und Wäschetrockner zurückzukehren.

Aber er war uns hold gewesen, der Kater. Alles war trocken.

Gegen 23:30 Uhr erkannte mein Liebster dann aber, ich war schon beinahe eingeschlafen, denn meine Sachen waren nun sowohl sauber als auch trocken, dass er auf der Reise doch gerne seine Lieblingsjeans anziehen wollte. Allerdings trug er diese Hose nun schon so lange, dass er sich weigerte, nachzurechnen, wie lange es war.

16

„Wenn du die Hose auf der Reise ungewaschen trägst, muss ich im Bus woanders sitzen", sagte ich, nun wieder wacher geworden.

Also startete die Waschmaschine gegen Mitternacht in ihrem Kurzprogramm erneut mit der Hose und wer weiß was noch. Der Trockner folgte dann später und im Morgengrauen war alles klar, alles bereit, wie immer, pünktlich auf die Minute.

Wann würden wir endlich einmal eine Reise gut vorbereitet und entspannt antreten können?

Erster Tag

Wir kamen rechtzeitig am Abfahrtsort an. Es war der Hofplatz des Busunternehmens, auf dem mehrere gewaschene und sehr neu aussehende Busse wie zur Abfahrt glänzend, strahlend und entschlossen bereitstanden.

Wir entdeckten dort eine Gruppe, die sich um einen Bus geschart hatte.

„Die müssen es sein", flüsterte mein Schatz mit einem durchaus kritischen Unterton, denn vermutlich gefiel ihm diese Gruppe nicht. Warum eigentlich?

„Du wolltest ja unbedingt mit dem Bus reisen."

„Also, ich traue mich nicht allein mit dem Auto nach Russland, und ich meine, dass es bei dir auch nicht anders war", erinnerte ich meinen Mann. Es ist schwierig, wenn eine Reise schon mit einer Missstimmung beginnt. Ich meine, es war nicht ganz sicher, dass mein Liebster in eine solche geraten würde, aber die Tendenz dahin war unübersehbar. Hier stand unser Reiseglück auf der Kippe.

„Aber diese Leute hier haben alle Räder dabei", sagte er und ich verstand, dass ihm das nicht gefiel.

„Ja, und der Bus hat einen Fahrradanhänger."

„Warum haben wir denn unsere Räder nicht dabei? Haben wir das falsch gebucht? Ich will keine Fahrradreise machen."

„Na, du hast ja immerhin die Radlerhosen eingepackt, vielleicht hilft das."

„Ich will aber nicht mit dem Rad unterwegs sein. Und in einer Gruppe schon gar nicht. Das ist mir viel zu anstrengend."

„Komm, wir fragen mal, fragen hilft." Was sollte ich sonst vorschlagen?

Die Idee war nicht schlecht, denn auf diese Art stellte sich heraus, dass die Radfahrer zu einer anderen Reisegruppe mit einem anderen Ziel gehörten.

„Wohin fahren sie denn?", wurden wir gefragt. Und zum ersten Mal sagten wir laut, was wir gebucht hatten, ohne genau zu wissen, worauf wir uns einließen.

„Wir fahren nach Nidden."

„Dann sind sie hier falsch."

So blickten wir zwei uns zuerst an, danach sahen wir uns gründlicher um. Wirklich, ein Stück weiter weg stand ein anderer, ein blitzblank geputzter Bus mit seinem Fahrer daneben. Der hantierte an seinem Schmuckstück sehr fürsorglich herum, während neben ihm noch drei weitere Personen standen, die scheinbar warteten. Wir hatten dieses Touristentrio nicht ernsthaft als eine Reisegruppe in Erwägung gezogen und wurden nun doch eines Besseren belehrt.

„Das ist unser Bus", entschieden wir, und so war es auch.

Tatsächlich waren nur wir zwei, der Busfahrer und drei andere Reiselustige in dem Bus.

„Warum sind wir so wenige?", wagten wir zu fragen.

„Die anderen fliegen nach Litauen. Wir treffen sie erst am Zielort, in Nidden, und werden den Bus dann dort für unsere gemeinsamen Ausflüge nutzen."

„Vielleicht ist es schlauer, zu fliegen", sagte mein Schatz leise und blickte durchaus kritisch in meine Richtung.

„Du weißt ganz genau, dass ich die Reise mache, weil ich unterwegs alles in Ruhe sehen und erleben will, alles, was es auf der Strecke gibt und das geht mit dem Flugzeug nicht."

Wir hatten also Bus und Fahrer beinahe ganz für uns allein, als wäre es eine Privatreise in einem Riesenmobil mit Chauffeur. Niemand außer uns wollte ganz vorne sitzen und so hatten wir zusätzlich die erste Reihe für uns, den Panoramablick aus der übergroßen Frontscheibe unseres Busses.

„So ist es schön. Alles ist ganz allein für uns perfekt eingerichtet", sagte ich, und mein Mann murmelte:

„Zum Glück ohne Fahrräder."

Nun war Zeit zum Lesen. Endlich. Leicht und lustig sollte es im Urlaub sein, sonnig und locker. Ich hatte mir „Schloss Gripsholm" von Kurt Tucholsky eingepackt. Ich kannte das Buch gut und liebte es so sehr, dass ich es nicht oft genug lesen konnte. Bei dieser Lektüre wusste ich nämlich genau, was mich erwartete: Das pure Reiseglück!

„De Deern dadrin schnackt verdammt gut missingsch." Das gefiel mir, denn auch ich liebte diese Sprache und benutzte sie nicht ganz verkehrt, denn das war völlig unmöglich. Kein ordentlich deutschsprachiger Mensch konnte Missingsch akzeptieren, zumal es weder ein Lexikon noch eine Grammatik für diese Sprache gab.

„Missingsch ist nämlich eine regiolektale Variante des Hochdeutschen", verkündete ich stolz, ohne das wirklich zu verstehen.

„Ach, so ein herrliches Buch!", sagte ich und verschwand in dem Text. Der Bus ruckelte und surrte, alles war gut.

In dem Buch reisten sie nämlich auch gerade in die Sommerferien ab wie wir zwei. Sie allerdings reisten aus Berlin ab, damals, als Kurt Tucholsky das Buch schrieb. Sie allerdings hatten den Zug gewählt. War ja auch schon ´ne Weile her. Fast hundert Jahre, um genauer zu sein.

Die Zwei im Buch, hoffentlich war es da nicht zu eng drin, stiegen also in Berlin in den Dampfzug Richtung Schweden ein. Es war Sommer in Berlin, als es losging. Die Sonne schien zwischen den Häusern durch, die Mauern strahlten die Wärme zurück, nicht zu viel und nicht zu wenig, wer weiß. Berlin kann im Sommer sehr heiß sein. Kofferträger waren am Bahnhof aktiv, Taxis (gab es die schon?) und Pferdewagen transportierten die Reisenden von einem Bahnhof zum anderen. Es gab Geräusche, es gab Gerüche.

Aber unsere Zwei saßen jetzt schon längst im richtigen Zug wie wir im richtigen Bus saßen, und das war auch gut so. Sie blickten noch in den Bahnhof hinein, vielleicht het se wol den

Hut mit de buschigen Blumen oppn Kopp. Nee, ick glöv dat nich, denn se weer ne patente Person, de hebbn eher so´n lüttet Dings uppn Kopp, so wat schnellet, leichtet, praktisch eben.

Der Zug fuhr ab, rasch schneller werdend und rollte aus der Stadt heraus, ruckelte auch, denn es gab im Anfang viele Weichen zu überwinden. Ein Schnellzug war´s. Der hielt nicht an jeder Milchkanne. Der Blick wurde so rasch weit, er ging auf die märkischen Felder und die sandigen Kiefernwälder, die Gefahr von Waldbränden war sicher schon wieder groß.

„Nord", hieß es von den singenden Gleisen.

„Nord", und: „Zum Meer hin!"

Es gab eine Abfahrt pro Tag für den durchgehenden Zug an die Küste, ohne Umsteigen. Abfahrt war 11:20 Uhr ab Stettiner Bahnhof. Erster Halt in Pasewalk, dann Greifswald und Stralsund. Saßnitz wurde fahrplanmäßig um 15:46 Uhr erreicht. Dann ging es weiter per Dampfschiff nach Trelleborg. Das alles war vor hundert Jahren so. Zumindest aber war es dem sehr ähnlich, was ich mir da ausmalte.

Nun sollte mein Schatz auch etwas von dem wunderbaren Buch haben.

„Hör mal zu, es ist so schön:

‚Europa zollte. Es betrat ein Mann den Raum, der fragte höflich, ob wir…und wir sagten, nein, wir hätten nicht. Und dann ging der Mann wieder weg.

‚Verstehst du das?', fragte Lydia.

‚Ich versteh es nicht', sagte ich.

‚Es ist ein Gesellschaftsspiel und eine Religion der Vaterländer. Auf dem Auge bin ich blind. Sieh mal – sie können das mit den Vaterländern doch nur machen, wenn sie Feinde haben und Grenzen. Sonst wüsste man nie, wo das eine anfängt und wo das andere aufhört. Na, und das ginge doch nicht, wie..?'

21

Die Prinzessin fand, dass es nicht ginge, und dann wurden wir auf die Fähre geschoben.'*

Es ist ein so wunderbares Buch. Das beste Buch der Welt", stellte ich fest, „und gar nicht mal lang. Ich finde sowieso, dass die besten Bücher nicht lang sind, denn halten sich nicht an Überflüssigem fest. Und sie informieren auch zusätzlich sachlich und korrekt. Diese Strecke, diese kombinierte Bahn- und Fährstrecke, von der Tucholsky hier erzählt, war damals sicher der Stolz der Küste gewesen. Sicher hatte es sie schon zur Kaiserzeit gegeben, oder? Aber wer konnte sich das leisten? Wer mag damals da gefahren sein? Waren es Liebespaare auf dem Weg in die Ferien, oder waren es Leute, die versuchten, ins neutrale Schweden zu entkommen? Es kam auf das Ergebnis der Passkontrolle an."

Das alles hörte mein Schatz sich an, ohne ein Wort dazu zu sagen. Ich las und dachte leise weiter vor mich hin.

Nun erinnerte ich mich daran, in Dresden das Verkehrsmuseum zu DDR-Zeiten besichtigt zu haben. Da waren Modelle der DDR-Fährschiffe nach Schweden zu betrachten gewesen. Wer durfte da mitfahren? Bürger der DDR konnten nicht einfach so in die Ferien nach Schweden fahren. Ihnen blieb nur, die Reise in der Phantasie bei Betrachtung der Modelle im Museum zu machen. Danach erinnerte ich mich auch, Bilder des DDR-Abfahrbahnhofes Richtung Schweden gesehen zu haben. Er war eingezäunt, erleuchtet, stacheldrahtig. Wie ein Raumfahrtbahnhof. Gesicherter Abflugbereich. Zurückkehrende Kosmonauten wurden auf eingeschleppte extraterrestrische Keime geprüft, daher die Zäune und die Bewachung. Alles klar.

„Mein Liebster, bist du bereit für eine wissenschaftliche Diskussion?"

„Mh."

„Hör zu: Dieses Buch verbreitet die These, dass die Menschheit in zwei Kategorien einzuteilen ist, nämlich in

Hörmenschen und in Augenmenschen. Was denkst du davon? Ich will dir ein Stück vorlesen:

‚Ich kann nicht sehen. Es gibt Augenmenschen und es gibt Ohrenmenschen. Ich bin ein Hörmensch, der hört und denkt.

Ich kann nur hören. Eine Achtelschwingung im Ton einer Unterhaltung: das weiß ich noch nach vier Jahren. Ein Gemälde? Das ist bunt.‘ *

Was meinst du zu dieser Theorie? Was denkst du dazu? Ist das so?", wollte ich von meinem klugen Mann erfahren.

„Ein echter Dichter wie der Tucholsky hat immer Recht. Da muss man nicht nachdenken", meinte mein Mann und zog sich elegant aus der Affäre.

„Aber wozu gehören wir, wozu gehörst du, wozu gehöre ich?"

Also, es ergab sich nach einigen Diskussionen so: Mein Mann verstand sich als einen Augenmenschen, einen, der sieht und denkt.

„Hoffentlich geht das auf die Dauer gut", überlegte ich, bekam aber keine Antwort.

Während dieser wichtigen Gespräche waren wir gefahren und gefahren. Nein, wir waren klimatisiert und gestoßdämpft gerollt und gerutscht und waren schon an der Grenze von Schleswig-Holstein nach Mecklenburg-Vorpommern angekommen. Christian, unser Busfahrer, kündigte die erste Pause in Gudow an.

Wir waren eben nur ein kleiner Haufen, als wir in die Raststätte gingen. Nicht jeder wollte einen Kaffee trinken und so kam es, dass wir ganz allein mit Christian an einem Tisch saßen und ins Klönen kamen.

„Wisst ihr noch, wie das früher hier in Gudow war? Damals, als es Grenzübergang in die DDR war? Grenzübergang für die Transitstrecke nach Westberlin? Die Autobahn war zwar durchgängig gebaut, zwei Spuren in jede Richtung Hier aber, an der Grenze war die Autobahn mit dicken Betonklötzen, mit Panzersperren zugeklotzt. Mit hochgezogenen

Betonwällen wurde der Verkehr abgeleitet, auf der Seite der DDR abgeleitet zum Kontrollposten rechts der Autobahn hin. Man kam auf eine große, asphaltierte Fläche mit Abfertigungsstreifen und Gebäuden für die Passkontrolle. Da gab es zusätzlich diese ruckelnden Passtransportbänder, da standen überall uniformierte Kontrolleure. Jedes Mal musste die Frage beantwortet werden, ob man Sprengstoff, Munition oder Schusswaffen dabeihatte. Auch Funkgeräte wurden nachgefragt und waren verboten, natürlich."

„Ja, Christian, ich erinnere mich daran, sehr gut sogar. Hattest du denn jemals sowas dabei?"

„Na, das hätte sicher mit einem Gefängnisaufenthalt geendet."

Wir klönten weiter und ich erzählte Christian, mein Mann rollte schon mit den Augen, denn er hatte alles bestimmt schon tausendfach gehört, von meinen Zugfahrten im Transitverkehr nach Berlin, was in der DDR-Sprache Westberlin hieß.

„Im Bahnhof Büchen kamen immer diese schrecklich netten, dicken Frauen vom Roten Kreuz durch den Zug. Der Zug war von der Lok abgehängt und wurde rangiert. Heizung war da Fehlanzeige. Aber die Frauen, die hatten in großen Kannen heißen Kaffee dabei, der ungeheuer guttat. Das alles war allerdings nur ein Vorgeschmack auf das, was da kommen würde. Die Frauen waren weg, als der Zug weiter Richtung DDR rollte, aber die Heizung blieb auf der gesamten Strecke ausgestellt. Auf der gesamten Strecke! Wenn es dann losging, fragte ich mich immer:

‚Wo ist hier die Grenze? Wann kommt sie?'

Der Zug zog langsam weiter. Ich musste sehr aufpassen und die Landschaft ganz genau beobachten, damit ich zwischen den Bäumen ausmachen konnte, wo dieses andere Deutschland anfing. Der Zaun und der gepflegt-gepflügte Minenstreifen konnten so rasch vorübergleiten, dass ich sie übersah."

Weder Christian noch mein Schatz hörten mir noch zu, das war unübersehbar. Sie dachten ihre eigenen Gedanken, und das tat ich dann auch.

Nach der Einfahrt mit dem Zug in die DDR ging es nämlich noch ein kleines Stück auf der Ostseite weiter, bevor der Zug zum Stehen kam. Hier fing der Osten an. Aber es gab keine Menschen. Manchmal, wenn man Glück hatte, und wenn man genau hinsah, konnte man stattdessen im Sommer Störche sehen. Menschen kamen kaum hierher. Nach der Passage der Storchenzone erst kam der Zug mit einem lauten Kreischen zum Stehen. Die Reisenden im Zug hatten die Wachtürme und Stacheldrähte hinter sich gelassen. Nun war da rechts und links eine hohe, weiß gestrichene Mauer. Über diese Mauer konnte ich nicht blicken, aber genau das wollte ich natürlich sehr dringend. Nur die Spitzen der Giebel einzelner Einfamilienhäuser waren zu sehen. Als nächstes wurden dann die Lautsprecher aktiv:

„Schwanheide, hier Schwanheide. Der Zug hält vor Westberlin nicht mehr. Alle Personen, die nicht nach Westberlin reisen, werden aufgefordert, den Zug zu verlassen. Ich wiederhole:"

Dann gab es immer noch die Ankündigung, welche anderen Verbindungen man von dem Bahnhof Schwanheide aus haben könnte, fast so, als sei der Flecken Schwanheide der Eisenbahnknoten Westmecklenburgs an sich. Jedes Mal fragte ich mich, was das sollte. Später erfuhr ich, dass Rentner aus der DDR, die von ihrem Westbesuch zurückkamen, hier dann umsteigen konnten.

Ich war immerhin einige meiner Erinnerungen losgeworden, und die Männer hatten ja auch wenigstens eine Zeit lang recht gut zugehört. Es gab sogar eine Resonanz.

Das wusste mein Schatz noch zu berichten, dass man plötzlich mit diesem anderen Deutsch zu tun hatte.

„Endlich war man nämlich im richtigen Deutschland angekommen. Hier wurde alles richtig gemacht, auch die Sprache war richtig und überaus vernünftig und klar. Und, ja, da waren dann noch die Hunde, erinnerst du dich an die Hunde? Es waren sehr fleißige Hunde, gut trainierte, mutige Hunde, die alles abschnüffelten. Sie schnüffelten den gesamten Zug ab. Vielleicht suchten sie nach Leuten, die sich irgendwo versteckt hatten. Und dann durchwanderten Gruppen von Uniformierten die Abteile."

Daran erinnerte ich mich plötzlich ganz lebhaft, als mein Mann darüber sprach. Ich erinnerte mich auch daran, dass nun nicht nur die Sprache, sondern alles, die Stimmung und sogar die Atemluft vernünftiger geworden waren.

Auch konnte man Menschen jetzt endlich unterscheiden. Schluss mit dem Einheitsbrei. Schluss damit, dass dicke Frauen an jeden Kaffee ausschenkten.

Man konnte die Menschen nämlich nach ihren Ausweisen unterscheiden. Manche hatten große, grüne Pässe, manche hatten kleine, grüne Personalausweise, auf denen irgendetwas von behelfsmäßig stand. Diese Sorte Mensch kam aus Westberlin. Sie waren keine echten Deutschen, behelfsmäßige Menschen eben, alles klar. Und dann gab es noch Menschen, die kamen aus der DDR.

Sie hatten ganz andere Ausweise, an deren Aussehen ich mich nicht mehr erinnern konnte. Die Zugreisenden unterhielten sich lustig und auch ein bisschen verrückt. Egal, welche Art von Ausweis man hatte, die Sprache und die Probleme waren gleich. Es ging darum, ob die Heizung doch irgendwann einmal eingeschaltet werden würde. Das andere Problem war, ob die Kontrollen diesmal kürzer oder länger dauern würden. Erfahrungen wurden ausgetauscht, Vergleiche gemacht, Hypothesen zu den Entwicklungen der Zukunft aufgestellt. Es ging um die Zukunft der Reise in diesem Zug. Mehr Zukunft traute sich niemand.

Na, so ganz gleich war die Sprache doch nicht. Der Zug fuhr ja nach Berlin. Da waren schon viele Leute im Zug, die auf eine unvergleichliche Weise in breitester Art berlinerten.

Unser Kaffee wurde weniger und es sollte nun weitergehen mit der Fahrt. Das Gespräch setzten mein Schatz und ich dann im Bus alleine fort.

„Überhaupt liebe ich die Sprache der Berliner", sagte ich zu meinem Schatz, „weil sie total klar und direkt und schonungslos offen und bis zur Dreistigkeit unverblümt ist."

„Et iss doch so, ik jlobe eh, det hat wat mit et Insulanertum zu tun. Son Insulaner, der muss kieken, dat er klarkommt und kann sich keene Fiesematenten nich leisten, eh. Also auch keene Sprachfiesematenten. Aber kieke mal, det könnte ooch verkehrt sein, denn die Sprache is im Osten und im Westen von Berlin gleich, und außerdem jibt´s die länger als die Mauer."

Es gab immer mehr und mehr Geschichten zu erzählen.

Mein Liebster und ich kamen in einen echten Erzählrausch und trauten uns unerlaubte Zeitsprünge zu.

„Nun sei man nich so gruselich mit all die traurijen Jeschichten, denn kann ik jar nich schlafen!"

Eine Geschichte aber wollte der Kluge noch berichten und versprach, danach zu schweigen.

„Na, denn man los. Eine Geschichte schaff ich noch, nicht, dass du dich dran verschluckst und noch krank wirst, das wär ja nix, nix wäre das."

So legte mein Schatz denn los. Er hatte nämlich in seinem Semester eine Freundin gehabt. Sie war natürlich eine rein platonische Beziehung gewesen, rein geistig, intellektuell meine ich. Wie konnte es auch anders sein! Diese platonische Freundin also hatte eine Mutter, wie das nun mal so ist. Die Mutter aber war mit waschechtem, mecklenburgischem Adel nicht zu nah verwandt gewesen. Natürlich ging es in der Geschichte um die Kriegszeit. So hörte der Bericht sich an:

„Der Krieg geht dem Ende zu, stell dir die Zeit vor, und die Russen rücken immer näher. Der Vater meiner Mitstudentin war als Soldat irgendwo im Osten, wie es damals so war. Niemand wusste, ob er noch lebte, ob er gesund war, ob er jemals wiederkehren würde. Die Mutter der Freundin war mit ihrem ersten Kind, ein Baby noch, auch im tiefen Osten irgendwo, sei es Pommern oder Ostpreußen, das weiß ich nicht so genau. Tatsache war: Sie musste auf die Flucht."

Solche Geschichten kannte ich in- und auswendig. Immer dasselbe: Flucht vor den Russen, Flucht in den Westen. Was sollte an dieser Geschichte nun noch besonders sein? Irgendwie hatte mein Mann gemerkt, dass ich mit seinem Bericht nicht so ganz einverstanden war und fuhr fort:

„Und, man nicht so ungeduldig! Die Geschichte muss sich erst entwickeln. Du musst mir dafür ein bisschen Zeit lassen. Also hör zu: die Mutter meiner Freundin flüchtete sich auf dem Weg in den Westen zu ihrer mecklenburgischen Adelsfamilie hin. Das waren entfernte Verwandte, die sie aber in dieser Situation mit dem Baby aufnahmen, was ja wirklich sehr nett war. Da sah alles gut aus, denn es war alles heil, ruhig und normal. Es gab etwas zu essen und sogar ein frisch bezogenes Bett war vorhanden. So lag also die Mutter meiner Freundin mitten im Untergang ihrer Welt in einem frischen Bett und bekam plötzlich ein schrecklich schlechtes Gewissen. Sie hatte nämlich ihre Eltern zurückgelassen. Die hatten darauf bestanden, ihren Heimatort nicht verlassen zu wollen. Nachdem der Mutter meiner Freundin aber alle Schrecken des Kriegsendes begegnet waren und sie halbwegs in Sicherheit war, wusste sie, dass ihre Eltern dem Tode geweiht waren. Also beschloss sie, wieder zurückzugehen, um ihre Eltern abzuholen."

„War sie wahnsinnig geworden?"

„Wer weiß. Sie ließ sich von niemandem davon abhalten und ging in Richtung Osten."

„Mit dem Baby?"

„Mit dem Baby."

„Das war der komplette Wahnsinn, oder? Wie ging die Geschichte aus?"

„Da sie immerzu gegen den Strom der Flüchtlinge anzog, hatte sie es sehr schwer. Es wurde auch immer gefährlicher. Sie war dann wohl so verzweifelt und erschöpft, dass sie aufgegeben hat, dass sie wieder umgekehrt ist. Das erzählt sich sehr rasch. Am Ende war sie so schwach, dass sie beinahe starb, zusammen mit dem Kind."

„Und ihre Eltern, was wurde aus denen?"

„Sie waren verschwunden, gestorben, ohne dass jemals klar wurde, was genau sich ereignet hatte."

„Wie furchtbar!"

„Ja, ich weiß das alles nur, weil die Mutter überlebt hat. Nur deshalb gab es meine Freundin und das ist auch der Grund, warum ich dir diese Geschichte erzählen kann. Du weißt, es war rein platonisch. Aber sie war schon eine sehr nette Person."

„Und ich? Wie nett bin ich? Das merk ich mir. Mal sehen, was noch kommt."

Diese Geschichte war schrecklich traurig und dazu nicht einmal ausgedacht. Sie war in keinem Fall dazu geeignet, mich irgendwie optimistisch oder entspannt gestimmt sein zu lassen. Nein, sie war anstrengend und erschöpfend, so dass eine schwere Müdigkeit und eine lähmende Schwäche mich überrollten. In dem wohlig ruckelnden Bus schlief ich ein und schlief und schlief, bis wir an der Grenze zu Polen angekommen waren.

„Schon wieder eine Grenze! Das hatten wir doch eben erst."

Jetzt hatte ich zum Glück meinen Mann bei mir, der mir klarmachte, dass die erste Grenze sich nur noch in meinem Kopf befand.

„Das hier ist die erste reale Grenze, die wir auf unserer Reise überschreiten. Wir werden noch ganz andere Grenzen erleben."

Tatsächlich handelte es sich um eine gemeinschaftliche Kontrolle der polnischen und deutschen Beamten. Eine deutsche Beamtin fragte uns im breitesten Berlinerisch, ob wir etwas zu verzollen hätten. Sollte sie am Ende auch Schusswaffen, Munition und Funkgeräte meinen, fragte ich mich. Ich sprach sie lieber nicht darauf an, denn wer weiß, ob sie Spaß verstehen würde. Alles ging sehr schnell und 1, 2, 3 waren wir in Polen.

„Ich hab das gar nicht mitgekriegt. Es ging zu schnell", sagte ich und meinte das als ein großes Lob.

Unser Busfahrer Christian erklärte uns, dass wir jetzt gleich in Stettin sein würden. Dabei war er sehr aufgeregt, denn er musste ja nicht nur fahren, sondern auch den richtigen Weg finden. Unsere aktuelle Zielrichtung war die polnische Stadt Bydgoszcz.

Dieser unaussprechliche Ort ließ mich gleichzeitig an seiner Existenz zweifeln. Konnte es sein, dass es einen Ort gab, der einen solchen Namen hatte? Bei näherer Betrachtung verhielt es sich aber so, dass wir diesen Ort heute gar nicht mehr erreichen mussten, denn wir würden zuvor in einem anderen Ort übernachten, der nicht nur einen melodischen, sondern auch gut aussprechbaren Namen hatte. Dieser Ort hieß Piła, was man wie Piwa zu sprechen hat.

All meine Zweifel über die Intonation der Ortsnamen und die Folgen der Unaussprechlichkeit teilte ich natürlich meinem Liebsten mit. Auch unser Busfahrer hörte davon, obwohl ich versuchte, mit leiser Stimme zu sprechen.

Mein Mann sagte in ernstem Ton zu mir: „Du musst ein wenig vorsichtig sein, denn wir sind hier im Ausland. Wir müssen uns an die hiesige Sprache anpassen und können nicht die Verhältnisse an unseren Spracherwartungen messen. Wenn du das tust, erscheinst du ganz schnell wie eine borniere Nationalistin. Willst du das?"

Natürlich wollte ich das nicht. Und im Grunde sehnte ich mir nichts mehr herbei, als den Kontakt mit den Lauten der Sprache, die außerhalb unseres Busses von allen gesprochen wurde, herzustellen. Wir fuhren durch mächtige, üppig

30

belaubte Alleen mit Millionen von wunderschön grünen Blättern in allen Größen.

Wir rollten vorbei an einsamen, kleinen Dörfchen, die sämtlich nicht nur von Menschen, sondern auch von Störchen bewohnt waren. Gaben die Menschen den Störchen den Wohnort oder die Störche den Menschen? Ich sah die großen, weißen Vögel teils in ihren Nestern stehen, teils auf den Feldern stolzieren und in feuchten Wiesen waten. Alles wirkte sehr behäbig, sehr ruhig, sehr entspannt und sehr zuverlässig.

„Wir haben ein gutes Storchenjahr."

Das konnte unser Busfahrer ganz genau bewerten, denn er als Spezialist für den Osten erzählte uns, dass er in diesem Sommer schon seit 3 Monaten ununterbrochen in Polen, Russland und Litauen unterwegs war. Er befand sich in einem sommerlichen Pendelverkehr. Christian fuhr zwischendurch immer nur nach Hause, um frisch gewaschene Kleider und eine neue Reisegruppe in den Osten abzutransportieren. Daher war Christian, der Busfahrer, sehr erfahren in allen Fragen des Ostens. Nach der Aufklärung über die Störche erfuhren wir noch, dass wir sehr vorsichtig sein müssten, was unsere persönlichen Wertgegenstände angeht. Es sei ganz besonders wichtig, so erklärte uns Christian, dass wir unsere Pässe wie Schätze hüten würden.

„Denn, wenn die Pässe weg sind wird es richtig ungemütlich. Wir müssen dann erst zum Generalkonsul. Den allerdings müssen wir man erstmal finden. Nicht jede Stadt hat so einen Generalkonsul. Wenn der Pass weg ist, könnt ihr nicht weiterfahren, aber ihr könnt auch nicht umkehren. Alles kostet sehr viele Nerven, sehr viel Kraft und vor allen Dingen auch sehr viel Zeit", erklärte Christian.

„Das hat er alles schon mitgemacht", sagte mein Schatz mir leise.

Wir gaben Christian mit ernstem Gesicht heilige Schwüre ab, dass wir sehr gut auf unsere Pässe aufpassen würden und hofften, dass ihn das etwas beruhigen würde.

„Ich will auch den Generalkonsul gar nicht kennenlernen", versuchte ich als Begründung hinzuzufügen.

Langsam wurde das dauernde Ruckeln des Busses mir zu einer Tortur und meine Lust, nach dem Abendessen im Bett zu versinken war eindeutig sehr viel grösser, als die Lust an der Erforschung der neuen Sprache oder einem Treffen mit den polnischen Menschen. Zum Glück wollte auch mein Schatz nichts mehr sehen und nichts mehr hören, und so verpassten wir die Besichtigung von Piła und landeten ohne Umwege nach dem Abendessen im Bett.

„Bitte schließen Sie die Tür immer von innen ab, sobald Sie im Zimmer sind."

Diese Warnung lasen wir noch in deutscher Sprache an der Zimmertür ab und machten, was angeordnet war.

Leider hatte das Zimmer nur zwei einzelne Betten. Da wurde es nichts mit Kuscheln.

„Bitte versprich mir, dass du mich morgen mit allen schrecklichen Geschichten verschonst", das raunte ich noch meinem Liebsten ins Ohr. Und danach rutschte ich in das Reich süßer Träume.

Zweiter Tag

„Eigentlich wollten wir uns doch in den Ferien erholen. Du weißt ganz genau, wie nötig ich das habe."

Das stellte mein Mann beim Frühstück am nächsten Morgen fest. Dieses Frühstück hatten wir nämlich weit vor acht Uhr einzunehmen, denn:

„Denken sie bitte daran, dass wir heute vier Grenzkontrollen vor uns haben." Das war Christians große Sorge und eine hoch offizielle Ansage.

„Wozu muss ich mich an einem Tag viermal kontrollieren lassen, und das noch dazu in meinem sauerverdienten Urlaub?", fragte mein Mann.

Es war so, weil ich es mir gewünscht hatte. Ich wusste das und hatte nun tatsächlich ein schlechtes Gewissen, zumal nicht hundertprozentig sicher war, wie die Kontrollen ablaufen und wie sie am Ende ausgehen würden.

Nun waren wir aber noch im Frühstücksraum unseres schönen Hotels in Piła. Es war hell, die Sonne lachte durch die großen Fensterscheiben und wir blickten auf den Fluss Gwda. Wir waren nicht allein. Auch andere deutsche Reisegruppen nahmen hier ihr Frühstück ein.

„Dieser Ort hieß früher Schneidemühl", wusste Christian zu sagen.

„Gegen Kriegsende haben sich hier schreckliche Szenen abgespielt. Die Stadt war zur Festung erklärt worden. Es gab erbitterte Kämpfe und natürlich viele Tote und Verletzte", Christian wusste auch das.

Ich betrachtete derweil die anderen Reisenden. Alle waren schon fortgeschrittenen Alters und hatten überwiegend graue Haare. In ordentlich gebügelten Sachen und mit hier und da doch ein paar Pfunden zu viel auf den Rippen verschwammen sie bei zu langer Betrachtung zu einer Art Masse, die sich vor dem Buffett mit Energie und Ernst entlangwälzte. Ja, Entschlossenheit war auch dabei.

In meinem Kopf stimmte etwas nicht, denn plötzlich war mir, als würde der Boden unter mir beben. Es mussten doch die ehemaligen Einwohner des Ortes sein, die da am Büffet standen und sich wie selbstverständlich stärkten, bevor sie gleich in die Stadt ausschwärmen würden, um mit Harken und Schaufeln Schrebergärten einzurichten oder bald mit ihren Einkaufstaschen über dem Arm tratschend an der Ecke zu stehen. Konnte das sein?

„Du sag mal, bebt der Boden des Frühstücksraumes eigentlich, oder bilde ich mir das ein?" Wie gut, dass ich einen Ehemann mit dem Sachverstand des naturwissenschaftlich geschulten Mediziners in meiner Begleitung hatte.

„Dein Gleichgewichtsorgan ist durch die lange Busfahrt völlig durcheinander und meldet dem Gehirn fortgesetzte Fahraktivitäten, die du dann als Erdbeben interpretierst."

Ich spürte immer noch ganz deutlich das Rucken und Rumpeln des Bodens unter mir und gab mir alle Mühe, an die vernünftigen Worte meines Mannes zu glauben, denn Erdbeben sollten in Piła wirklich nicht an der Tagesordnung sein. Aber konnte es wirklich sein, dass ich mich so irrte? Konnte es sein, dass mein an sich so zuverlässiger Körper einer Fehlinformation aufgesessen war? Das beunruhigte mich vielleicht sogar noch mehr, als es ein Erdbeben in Piła getan hätte.

Im Bus sitzend war das Gefühl augenblicklich ohne Interesse, denn jetzt ruckelte es wirklich wieder. Wir fuhren durch Bydgoszcz und dann weiter in Richtung Gdansk, Danzig also.

Nein, heute sollten keine alten Geschichten mehr erzählt werden. Das war ja unsere Vereinbarung. Und ich erzählte also nicht, dass ich an Frau Mine denken musste, die sich einmal im Jahr von ihrem Mann Albert im Wohnzimmer einschließen ließ. Sie wohnte drei Häuser weiter und ich war

34

kleines Mädchen, als Albert eines Tages ratlos bei uns in der Küche stand.

„Es reicht nicht,", sagte er „diesmal reicht es nicht."

Mine hatte seit 3 Tagen wieder ihre Phase und Albert hatte schon alles verschlossen, doppelt umgeschlossen sogar, alle Vorhänge zugezogen und das Telefonkabel abgebaut. Seine Frau aber wurde immer unruhiger und getriebener. Sie redete von Leuten, die gleich kommen würden, um sie zu holen.

„Sie lässt sich nicht davon abbringen. Die ganze Nacht irrt sie durchs Haus und prüft, ob die Rollos auch richtig dicht sind. Ich halte es nicht mehr aus. Sie ist gereizt und vermutet, dass ich mit denen da draußen, die es gar nicht gibt, unter einer Decke stecke. Aber da ist wirklich niemand."

Niemals zuvor hatte ich Onkel Alfred so aufgelöst und zerbrechlich erlebt.

„Am Ende tut sie sich noch was an."

Vielleicht war die Gefahr größer, dass sie dem Albert was antun würde, als sich selbst, so war mein Gespür.

Mein Vater ging also mit Albert zusammen zu dessen Haus, zu Mine, die ihnen nicht mal die Tür aufmachte. Nachdem mein Vater allein in seinem Büro intensiv mit Albert gesprochen hatte, entschieden sie gemeinsam, den Arzt zu rufen, der Mine dann in die Nervenklinik schickte. Es war ein großes Theater, denn nun meinte Mine, dass Albert, mein Vater und der Arzt unter einer Decke steckten, was ja in gewisser Weise auch richtig war. Ich sah von meinem Zimmer aus noch einen Krankenwagen und ein Polizeiauto und dann war Mine weg.

Das war schlimm, aber Albert kam irgendwie in den Tagen nach der Einweisung seiner Frau langsam wieder zu sich. Eigentlich mochte ich Albert viel mehr als seine Frau, denn die war immer sehr streng und unfreundlich, meckerte an uns Kindern herum und hatte oft schlechte Laune. Albert aber konnte Schiffchen mit zwei Schornsteinen aus Papier falten.

Er konnte das nicht nur, sondern er zeigte uns Kindern auch, wie wir es selbst machen konnten.

„Das sind die Dampfschiffe der kaiserlichen Marine", erklärte er uns und ließ sie auf der aufgeschlagenen Fernsehzeitschrift fahren. Ich mochte es gar nicht, dass Alfred traurig war. Allerdings ging es Mine rasch besser. Obwohl es ja schwierig war, dass Mine jetzt im Krankenhaus, Mama nannte es das Irrenhaus, war, wurde ihr da offensichtlich geholfen, denn nach einer Zeit kam sie wieder zurück.

Albert saß nun viel bei uns in der Küche, wo ich unter dem Tisch, unter der Bank eine Höhle gebaut hatte. Unser Nachbar erzählte und ich hörte heimlich zu. Er hatte so seine Ideen, was mit seiner Frau los war. Alberts Theorie zu Mines Zuständen ging so: Im Krieg hatte Mine nämlich in Warschau gearbeitet. Sie war dorthin versetzt gewesen. Sie war ein ganz junges Mädchen gewesen. Sie hatte Schreibmaschine schreiben können. Mine selbst hatte ihm erklärt, dass sie eine Art Schreibkraft in der Verwaltung gewesen sei. Alfred sagte:

„Wer weiß, was da alles war, in Warschau. Was Mine da alles mitgemacht hat." Was Mine in Warschau genau gemacht hatte, darüber sprach Alfred nicht. Am Ende hatte sie daran mitgemacht, dass Menschen verschlossen wurden, dass Menschen verschleppt wurden, dass Listen geschrieben wurden über die, die abtransportiert wurden. Am Ende war Mine gar nicht im Büro gewesen, vielleicht hatte sie selbst Hand angelegt, hatte den Entrechteten ein Leid zugefügt. Vielleicht waren das genau die Menschen, die Mine ab und zu bis zum heutigen Tage in ihr Wohnzimmer folgten, die Einlass in ihr Haus begehrten, die sich ihr zeigten und deren Gesichter und Geräusche sie nicht ruhen ließen, bis sie sich vor Ihnen sicher unter Verschluss fühlte.

Zuerst fragte ich mich, ob es so sein konnte. Je länger ich aber darüber nachdachte, je älter ich wurde und durch Mines wiederholte Auftritte in der Sache auch immer wieder daran erinnert wurde, desto sicherer wurde ich mir: So musste es gewesen sein.

„Warum bist du so schweigsam? Geht es dir heute nicht gut?", fragte mein Schatz und ich genoss seine Fürsorge. „Mein Gehirn ruckelt immer noch, aber du hast ja gesagt, dass das normal ist. Ansonsten ist alles gut, sehr gut sogar. Alles läuft zu meiner vollsten Zufriedenheit, ja ich bin sogar ein wenig glücklich, das darf ich so formulieren. Wir konnten zwar nicht kuscheln, aber immerhin doch ruhig schlafen. Und nun gibt die Sonne sich alle Mühe, uns auf der Fahrt bei Laune zu halten. Was wollen wir mehr?"

So war es, und zum Glück hatte der Bus eine Klimaanlage, so dass es innen angenehm kühl war. Es war wunderschön, einfach sorglos durch die Welt zu reisen, Christian die Verantwortung für die Strecke zu überlassen und unter Sonnenschein von Örtchen zu Örtchen geschaukelt zu werden. Wir fuhren auf der Landstraße, denn eine Autobahn gab es auf dieser Strecke nicht. Mir gefiel das sehr gut, es war so viel zu betrachten, aber unser Christian hatte zwischendurch ziemlichen Stress. Er musste uns erzählen, dass es eine Stelle gab, an der er immer und immer wieder falsch abbog.

„Ich weiß, ich muss da total aufpassen, und doch nehme ich an diesem einen Ort immer wieder den falschen Weg."

Es könnte sich auch um einen eine Art inneren Widerstand gegen das Weiterfahren handeln, dachte ich. Es könnte auch etwas mit einer besonderen persönlichen Beziehung zu diesem Ort zu tun haben, an dem Christian immer falsch abbog oder eine andere magische Sache hielt ihn gefangen, wer weiß. Aber das ging uns zwei nichts an. Wir dachten auch nicht weiter in dieser Angelegenheit nach, denn der Bus ruckelte uns angenehm voran, und wir blickten auf die rührigen Störche, deren Nachwuchs in großer Zahl bedeutungsvoll in den Nestern stand, voller Lebenslust und Neugier, nur gebremst noch durch fehlende Flugkünste. Die jungen Störche zappelten und strampelten, sie flatterten und hüpften am Nestrand herum.

„Ein Wunder, dass die nicht runterfallen", sagte mein Schatz.

Plötzlich entdeckten wir etwas Neues am Weg. Es gab da nämlich auf den Feldern eine mächtige Pflanze in großer Zahl zu betrachten. Sie hatte großflächige Blätter und rosa-leuchtende Blüten. Zuerst sah ich sie hier und da. Je weiter wir aber fuhren, desto häufiger wurden die Felder mit diesem auffälligen Bewuchs. Ja, wirklich: Diese Pflanze wurde auf sehr großen Feldern angebaut und wuchs kräftig in den Himmel. Ich betrachtete das Gewächs intensiv und versuchte einzuordnen, worum es sich handeln könnte. Plötzlich erinnerte ich mich.

„Das ist Tabak. Genau solche Pflanzen hatten die Eltern früher, damals war ich noch ein kleines Kind, im Vorgarten." Jetzt war ich ganz wach. Ich schaute noch genauer hin und sah hier und dort last Lastwagen, die mit abgeschnittenen Tabakblättern beladen waren. Sie standen in der prallen Sonne. Es kam mir vor, als sei ich irgendwo in den Südstaaten der USA. Das konnte aber ja gar nicht sein.

„Wo sind wir hier, Christian? Sind das nicht Tabakpflanzen?", fragte ich unseren Experten.

Christian war natürlich ein wenig stolz auf uns, dass wir das ganz richtig erkannt hatten. Stolz war er aber auch, dass er uns von seinem Wissen abgeben konnte. Er erklärte uns, dass wir nun im Tal der Weichsel angekommen waren. Nachdem er das gesagt hatte, verstanden wir auch besser, warum es mit dem Bus immer talwärts gegangen war. Wir ahnten auch schon tief unten den Fluss, der sich hier, wie es Flüsse zu tun pflegen, zuverlässig in Richtung auf das Meer bewegte. Vor uns öffnete sich jetzt ein traumhafter Panoramablick auf eine wunderschöne, fruchtbare Landschaft. Da drüben, am jenseitigen Ufer, wo der Untergrund sich wieder anhob, konnte man eine Stadt erahnen.

Es handelte sich um Grudziadz, früher Graudenz, wovon wir einige Türme ausmachen konnten. Das Tal, die Tabakpflanzen und die wunderschöne Stadt ließen mich daran zweifeln wo ich war und wie die zeitlichen Umstände waren.

Ich musste mir nur einmal die Augen reiben und mir die Straße und die Menschen genauer betrachten. Sie bewiesen mir die aktuellen Umstände. Wir waren mitten in Polen. Wir waren in einer wunderschönen weiten, wenig besiedelten Landschaft, und ich fühlte mich wie im Traum. Nach einer Weile des Staunens und Sehens bekam ich wieder Lust auf mein Buch. Ich las weiter und merkte, dass meine beiden Freunde, die Reisenden zum Schloss Gripsholm, nicht frei von den hässlichen Dingen des Alltags waren. Sie musste immer an ihren dicken Chef denken, machte sich Sorgen, ob der auch allein und ohne sie zurechtkommen würde, und ob sie ihre Arbeit auch wirklich vor der Abreise abgeschlossen hatte. Die Lektüre wurde nun leider auch unangenehm für mich. Denn auch ich hatte meine Arbeit nicht abgeschlossen. Da war noch diese eine Sache zu klären. Ich wollte einfach nicht daran denken. Es war die Sache mit Onkel Otto. Sie hing in der Luft und musste geklärt werden und das bald.

Ach nein! Ich wollte einfach nicht daran denken. Es war zu anstrengend und verworren und unerfreulich.

„Das vergess ich noch ein bisschen", sagte ich mir.

Ja, manchmal, wenn eine Sache mich zu sehr anstrengt, habe ich eine Tendenz zu Selbstgesprächen, das gebe ich zu. Mein Schatz kannte das und sprach mich nicht darauf an, denn eine Antwort würde er sowieso nicht bekommen, das hatte er schon verstanden.

Allein die Erinnerung an Otto verursachte bei mir das Bedürfnis, mich zu schütteln und eine Gänsehaut bekam ich auch. Ich guckte von der Seite auf meinen Liebsten und beschloss, dass ich ihn und mich mit der Ottosache so lange in Ruhe lassen wollte, total in Ruhe, bis wir auf litauischer Seite angekommen sein würden. Das verschaffte mir etwas Luft,

Abstand und ich hatte ja auch einen Plan, um dennoch mit der Sache voranzukommen. Zu mir selbst sagte ich:

„Vom Abstand denkt sich's leichter. Je größer der Abstand, desto leichter das Denken."

Auf dem Westufer, der Westhöhe der Weichsel reisten wir langsamer oder manchmal auch schneller von einem Ort zum anderen.

Christian wies unterwegs auf uralte Stadtmauern hin und sagte, dass die vom Deutschen Orden gebaut worden seien.

„Christian hat schon so viele Führungen miterlebt, dass er selber ohne Probleme alles erklären kann. Da haben wir aber wirklich Glück!", sagte mein Mann.

„Der Deutsche Orden, waren das eigentlich Nonnen?", überlegte ich laut und wusste gleichzeitig, dass diese Frage nichts anderes als meine unmögliche Ahnungslosigkeit verriet. Jetzt bog Christian von der Straße ab, weiter ging es Richtung Danzig. Nun fuhren wir nicht mehr nördlich, sondern in östlicher Richtung. Die Weichsel, die ja immer rechts von uns gelegen hatte, musste unweigerlich irgendwo überquert werden. Das sollte nun südlich von Dirschau geschehen.

Ich war gespannt, wie sich die Überquerung gestalten würde und presste meine Nase an der Scheibe platt. Das war aber gar nicht erforderlich, denn unser wunderbarer Bus rollte jetzt plötzlich auf einer Straße in Richtung auf die Brücke zu. Beides aber, Straße und Brücke, sollte wahrlich gigantische Ausmaße haben, das zeigte sich rasch. Die Pflasterung der Straße bestand unübersehbar und unüberhörbar aus Millionen kleinen, eng verlegten Granitsteinchen, deren Überfahren ein homogen brummendes Rollgeräusch erzeugte. Mir schien, als liebten die Reifen die Steinchen, denn endlich wurden sie zum Sprechen gebracht.

„Wer baut denn so aufwändig? Was soll das?", fragte mein Schatz.

Die Straße hatte tatsächlich die Ausmaße einer Landebahn für Flugzeuge, was ein wenig eigentümlich erschien. Der

Zuweg war eine ganz normale Landstraße gewesen, die so gar nicht zu dieser Aufführung passte.

„Die Straße stiehlt den Fluss die Schau", stellten wir gemeinsam fest, und so war es auch. Der wunderschöne, breite Fluss, der gemächlich dahinschob, erschien irgendwie selbstverständlich, ja fast störend im Vergleich zur Straße, die im Grunde wie eine Paradeallee anmutete, eine militärische Einrichtung, eine Demonstration von Macht und Einfluss wie sie in Hauptstädten von Schlössern und wichtigen Plätzen wegoder hinführt. Diese Straße hier, die von irgendwelchen verdungenen Menschen höchst aufwändig mit Granitquadern gepflastert worden war, führte allerdings zu gar nichts. Das war so gar nicht, dass ich eines der schwersten Gebote der deutschen Sprache brechen möchte, indem ich es in diesem Zusammenhang lieber zusammenschreiben möchte. Diese Straße führte nämlich eindeutig zu garnichts.

Wir zwei liebten bekanntlich das Spekulieren und dachten uns, dass diese Straße, diese verrückte Straße, Beginn oder Teil einer anderen nicht ausgeführten Sache war. Was konnte das sein? Na, da fiel uns natürlich wieder das mit den Autobahnen ein. Vielleicht war das hier der Rest irgendeines verrückten Autobahnprojektes, das niemals zu einem Ende gebracht worden war. Deshalb stand hier mitten in der Landschaft diese gigantische, blasierte Brücke, die nur mit kleinen, kurvigen, lustigen und unvollständig asphaltierten Landstraßen verbunden war.

Nun war es doch soweit. Es ging einfach nicht ohne! Irgendwie holte dieses Thema uns immer wieder ein, auch wenn wir die Nase gestrichen voll davon hatten. Wir mussten uns wieder einmal mit dem leidigen Thema „Autobahn" beschäftigen.

Immer wieder waren mein Liebster und ich auf Leute gestoßen, die den Autobahnbau in der Nazizeit als Beispiel für etwas hervorkramten, das trotz aller Schrecken gelungen gewesen sei.

„Ich möchte das Thema nicht besprechen", sagte ich.

„Bitte nicht!", meinte auch mein Schatz und fügte hinzu:

„Die ganze Sache ist ein unerträglicher Mythos, war bestimmt eine grauenhafte Propagandamöglichkeit und wird bei Licht betrachtet sicher wieder zahllose Schrecken in sich bergen, Geschichten von Not und Leid."

Wir schwiegen und blickten hinaus.

„War Onkel Otto eigentlich auch beim Autobahnbau dabei?", fragte mein Schatz.

„Wenn du ihn gefragt hättest, wäre er sicher dabei gewesen, denn wo hat er schon gefehlt?", antworte ich schnell und dachte bei mir: „Noch sind wir nicht in Litauen".

An Kontakten nach draußen ergab sich immer noch nichts. Der Bus kam mir vor wie eine Art Vakuumbox, in der wir durch Polen reisten. Wir waren, fast wie im Interzonenzug damals, abgeschottet. Die Abschottung bezog sich zwar nicht auf die Augen, auf das was wir sehen konnten, wie gut für meinen Schatz, aber unsere Ohren hörten von unserer Umgebung gar nichts. Das ließ mich an mein Erdbebengefühl denken. Ich nahm keine Geräusche von draußen wahr und hatte obendrein noch mit dem Erdbebengefühl zu tun. Das sorgte für nichts, außer für Verwirrung. Ich wollte hinaus, ich wollte die Leute reden hören, ich wollte hören, wie sie Geräusche machten, welche Geräusche die Bäume hier machten und die Vögel. Ich wollte hören, wie die Autos hier klangen. Am liebsten aber wollte ich die Melodie der Sprache der Leute aufsaugen. Aber das klappte einfach nicht. Der Bus war zu perfekt konstruiert! Früher hatten die Busse so kleine Schiebefenster gehabt, deren Öffnung ständig das Wort „Zug" aus den Mündern der hinten Sitzenden austreten ließ. Dabei saß man doch im Bus, komisch. Solche Fensterchen gab es in unserem Superbus nicht. Wir konnten einzig und allein die wunderbar klimatisierte und geräuschgefilterte Luft ein- und ausatmen.

Christian hatte natürlich gemerkt, dass er sich zu viel und zu exklusiv mit uns beiden unterhalten hatte. Wir durften ja nicht vergessen, dass die Reisegruppe auch noch aus drei anderen Personen bestand, die es sich im hinteren Bereich des Busses sehr gemütlich gemacht hatten. Nun hatte Christian ja für die Kommunikation mit seinen Reisenden ein Mikrofon in seinem Bus. Dieses Mikrofon nahm er jetzt sehr professionell zur Hand und kündigte Folgendes an:

„Wir fahren nun bald durch Frauenburg, Frombork. Damit haben wir jetzt das Frische Haff erreicht. Frombork liegt direkt am Wasser. In Frauenburg gibt es den berühmten Dom, der durch das Wirken von Nikolaus Kopernikus bekannt geworden ist. Im Dom befindet sich sein Grab. Gleich danach werden wir in Braunsberg, Braniewo, angekommen sein. Braunsberg liegt nur wenige Kilometer vor der russischen Grenze entfernt. Wir sind jetzt schon in Ostpreußen. In Braunsberg sind wir zu einem Mittagessen eingeladen und fahren danach weiter nach Heiligenbeil, wo der Grenzübergang ist. Heiligenbeil, Mamonowo, ist schon in Russland."

Nun hatte doch tatsächlich die ganze Zeit ein wunderbarer Sonnenschein geschienen, alles glänzte und leuchtete im besten Licht. Und ausgerechnet hier und an diesem Ort hatte sich der Himmel zugezogen. Es fing sogar an zu regnen. Der Regen nahm wirkliche Ausmaße an, als der Bus vor der alten Backsteinkirche von Braunsberg, der Katharinenkirche, zum Stehen kam. Dort zeigte sich ein weiter Platz vor der Kirche, der wie für Reisebusse gemacht war. Endlich durfte ich unsere wunderbare Vakuumbox verlassen. Ich stieg mit erstarrten Knochen aus dem Bus und erhaschte im Vorbeihinken schnell noch einen Blick auf die Kirche. Davor stand ein Tableau, auf dem man erfahren konnte, dass sie im Krieg völlig zerstört und nun wieder aufgebaut worden war.

Es gab ja für den Tag die Verabredung, keine schrecklichen Geschichten zu erzählen, nichts Trauriges, nichts Furchtbares, nichts über die Schrecken der Nazizeit und des Krieges, aber hier war es so furchtbar gewesen, dass die Dinge unüberdenkbar waren. Das heißt, man konnte sie gedanklich nicht übergehen.

Zu Beginn des Jahres 1945 hatte die russische Armee sich, von Osten kommend, immer weiter in Ostpreußen hineingearbeitet und es war gelungen, Königsberg zunächst in eine noch unbesetzte Insel zu verwandeln, inmitten russisch eroberten Territoriums. Damals wurde sehr stark gekämpft, es gab sehr schwere Verluste, die russischen Truppen waren auf ständigem Vormarsch. Die deutschen Menschen in Ostpreußen waren von ihrer wahnsinnigen Verwaltung zunächst aufgefordert worden, nicht zu flüchten und hatten deshalb erst im letzten Moment ihre Sachen packen können, um das Land zu verlassen. Als sie sich endlich retten durften, waren beinahe alle Wege versperrt. Der Feind war überall. Der Krieg tobte, Lebensgefahr drohte. Die Situation war ausweglos. Was also sollte man nur tun, wohin sollte man sich wenden, denn der Landweg war versperrt? So gab es nur die eine einzige Möglichkeit noch, um zu fliehen. Man musste irgendwie auf die Landzunge des Frischen Haffs, aufs jenseitige Ufer gelangen, von wo aus immer noch Schiffe ablegten und Menschen über die Ostsee entkommen konnten, wenn sie großes Glück hatten.

Die Menschen sammelten sich also am Ufer zum Haff hin, am Wasser, wo das Eis war, um dann über das zugefrorene Haff auf die jenseitige Landzunge und damit nach Pillau zu gelangen. Die Menschen hatten alles bei sich, was sie mitnehmen konnten. Sie kamen zu Fuß, sie kamen mit Pferdefuhrwerken, sie hatten ihre Hunde bei sich, sie hatten Ziegen bei sich, manche nahmen auch noch eine Kuh dabei, denn die gab ja Milch. Hier, an dem Ort, an dem wir nun standen, wo wir jetzt waren, auch hier hatten sich Menschen versammelt. Sie versammelten sich in Braunsberg und sie versammelten sich in Heiligenbeil und versuchten von dort aus zu entkommen. Der Krieg war immer in ihrem Nacken gewesen. Das war natürlich sehr gefährlich. Je mehr Menschen gleichzeitig auf dem Eis waren, um zu entkommen, desto eher konnte es nachgeben, konnte es brechen. Außerdem gab es Kriegshandlungen. Es wurde geschossen, es wurde bombardiert. All das tat dem Eis nicht gut. Wir wollen hier keine Absicht unterstellen, aber der Krieg fragt nicht nach Zivilisten. Es war einfach sehr kalt, es war superkalt. Das war der einzige Trost, denn so war überhaupt das Eis vorhanden, das den Fluchtweg ausmachte.

Also fuhren die Menschen von diesem Ort, an dem wir uns jetzt befanden, vor nicht allzu langer Zeit im Winter mit Sack und Pack über das Eis. Sie fuhren mit Fuhrwerken, sie fuhren geordnet einer nach dem anderen, damit die Last für das Eis nicht zu groß wurde. Aber der Druck zur Flucht wurde immer grösser. Es kamen immer mehr Menschen an, es gab immer mehr Defekte im Eis, es gab Schneestürme, es gab extrem tiefe Temperaturen. Und so geschah es immer öfter, dass Menschen, dass Familien, dass ganze Fuhrwerke im Eis untergingen, unter dem Eis versanken. Erschossene blieben auf dem Eis liegen, erfrorene Babys lagen verlassen in der Einöde des Eises, Menschen irrten herum und suchten. Es muss ganz furchtbar gewesen sein. Hier waren wir jetzt angekommen. Kopernikus hin oder her.

„Hier irgendwo auf dem Grund des Haffs liegt auch das kleine Rolfchen von Frau Liskis." Was ich zu sagen hatte, war nur ein Satz. Rolfchen war ja der Grund gewesen, weshalb wir hier überhaupt hierhergereist waren.

„Es muss so kalt gewesen sein und so jrau für so ein kleines Kind in dem Wasser", sagte ich zu meinem Schatz und hatte keinen Appetit mehr. Als ich an das kleine Rolfchen dachte, er war doch nur ein kleiner Junge gewesen, er hatte nichts getan und er hatte nichts verstanden und doch hatte er alles geben müssen, was er besaß, sein kleines Leben, da wurde ich so traurig wie der Himmel über mir. Wir beide weinten um die Wette, so, als würde das irgendwie helfen oder etwas ändern, was natürlich nicht geschah.

„Sei vernünftig", sagte mein Schatz. „Das ist lange her mit dem Rolfchen, und du bist ja nun gekommen und hast geweint und damit musst du es nun gut sein lassen."

Es ist ja ganz klar, dass ich das nicht konnte und auch nicht wollte.

„Ich finde es sehr wichtig, dass ich das Rolfchen nicht vergessen habe und nicht vergessen werde. Denn es ist doch wichtig an das Rolfchen, vor allem an das Rolfchen zu denken, neben all den unsinnigen Autobahnen. Denn zu jedem Kilometer Autobahn gehören unzählbare Massen von Toten, die nur im Kopf bleiben, wenn sie Namen haben und Tränen."

Ich dachte nochmal an die Details der Fahrt nach Braunsberg, von Frauenburg, Frombork kommend. Ich hatte nochmal den Blick von der Anhöhe auf die Wasser des Haffs, die so still und dunkel unter den über ihnen zusammengezogenen, schweren Wolken da lagen, als wüssten Sie genau Bescheid. Als wollten sie erinnern, als wollten Sie sagen:

„Wir bergen große Trauer und tiefe Not."

"Nous ne devrions pas quitter ces lieux sans prendre conscience pénétrante du sacrifice des morts noyés ici et sans emporter avec nous leur muette exhoriation: La exhortation à la paix."

Das musste einfach in Französisch gedacht werden, weil es dann vielleicht etwas glaubhafter wirkte, vielleicht durch die Distanzierung in der anderen Sprache etwas ernst gemeinter, etwas gewissenhafter, so wichtig, wie es zu sein hat.

Damit es nicht nur Buchstabensalat bleibt, der für der Gesang des Französischen wie Noten steht, soll der Text übersetzt werden.

„Wir sollten diese Orte nicht verlassen, ohne uns des Opfers der hier ertrunkenen Toten bewusst zu werden und ohne ihre stumme Ermahnung mitzunehmen: Die Ermahnung zum Frieden."

„So ist es, so, und kein Stück anders", dachte ich bei mir und war in der Überzeugung, in dem Wahn, dass der Krieg niemals wieder, niemals wieder Europa in solcher Brutalität ergreifen würde.

„He, nu kiek du mal nich so duster, das Leben findet hier statt, jetzt." Wie gut, dass mein Schatz ein so vernünftiger Mensch war, der es verstand, diese Stimmung, diese tiefen Sorgen nicht zu einem bodenlosen Loch werden zu lassen. Mit einem Satz nur.

Tatsächlich war es nun viel wichtiger, an unseren armen Christian zu denken, denn er hatte es wirklich sehr schwer. Augenblicklich stand ihm alles bevor. Es war die größte Herausforderung der Reise, die jetzt unübersehbar und unausweichlich auf ihn zukam. Christian konnte wie ich kaum etwas essen. Seine Bewegungen waren fahrig geworden. Er hatte Angst vor den Grenzkontrollen, das war unübersehbar. Aber Christian sprach nicht darüber. Es ist nämlich besser, die Angst nicht auszusprechen, weil sie dann immer mächtiger wird. Christian war ja ein erfahrener Busfahrer, ein erfahrener Reiseleiter, ein erfahrener Mann, der sich durch Grenzen in keiner Weise beeinträchtigen lassen durfte. Aber offensichtlich waren diese Grenzübertritte, war diese Grenze hier etwas, das bei seinen anderen Reisen in den Osten nicht oder nicht in dieser Dichte erfolgte. Seine Sorgen brachte Christian mit einem Satz zum Ausdruck:

„Hoffentlich ist unsere Reiseleiterin schon an der Grenze, nicht dass wir da stundenlang rumwarten müssen."

Und schon hatten wir wieder etwas gelernt. Wir hatten etwas erfahren, worüber wir vorher keinen einzigen Gedanken verschwendet hatten. Wir durften nicht einfach mit dem Bus über die Grenze in die Oblast Kaliningrad fahren, das russische Gebiet des ehemaligen Ostpreußens, wir benötigten eine einheimische Person, die uns im Bus begleitete. Diese Person wurde als Reiseführerin deklariert. Natürlich war ich sofort neugierig und sehr abgelenkt und auch gespannt, endlich einen lebendigen Menschen, eine Bewohnerin der Gegend in unserem Bus bei uns zu haben. Endlich sollte das Vakuum aufgebrochen werden, und endlich sollte die Gegenwart bei uns Einzug halten. Das war erforderlich und interessant zugleich. Es ging nun mit unserem Bus weiter in Richtung Osten. Jetzt fuhren wir langsam und scheinbar gemächlich weiter. Wir kamen auf die Grenze zu.

Dabei hatte sie den Bus schon längst erspäht und uns zugewinkt, nur wir hatten sie nicht gesehen, bis sie endlich atemlos hinter uns herlaufend von außen an die Scheibe klopfte. Christian hielt an und die die Bustür ging langsam auf. Nun stürmte sie herein und schwang sich sehr selbstbewusst und wie selbstverständlich auf den Beifahrersitz, auf den Sitz, der vorne rechts und damit in unserer unmittelbaren Nähe neben Christian für Reiseleiter reserviert war.

Mit ihr war ein Schwall Luft und Duft und Geräusch und Alltag angekommen. Ebenso selbstverständlich wie sie eingestiegen war, schnappte sie sich völlig unkompliziert das Mikrofon und erklärte:

„Ich heiße Tatjana."

Tatjana war eine sehr hübsche Frau, die ihre Sonnenbrille lässig ins lange, blonde Haar gesteckt trug, obwohl es eigentlich ununterbrochen regnete und die Wolken die Sonne weiter vollständig verdeckten. Aber die Sonnenbrille im Haar sah zugegebenermaßen sehr schick aus.

Zuerst sortierte sie mit Christian die Papiere. Es waren, obwohl wir ja nur so wenig Leute waren, Berge von Papieren in verschiedenen Farben und Größen. Zunächst hatten wir die Grenzkontrolle auf polnischer Seite zu überwinden. Wir reisten ja aus Polen aus und nach Russland ein. Nach der Zettelorgie fuhren wir weiter auf die polnischen Kontrollen zu. Es war die nun schon bekannte, hartnäckige, aber unkomplizierte Prozedur. Danach fuhren wir weiter zur russischen Seite. Dort gab es lange Reihen von PKW, die geduldig

48

auszuharren hatten, bis es irgendwie weitergehen konnte. Das konnte Stunden dauern, so schien es uns. Diesmal hatten wir Glück. Wir kamen schneller voran, denn wir waren auf der leeren Busspur. Unser Bus rollte auf hochmoderne Hallen mit riesengroßen Stelzen zu. Diese Gebäude waren nur für uns konstruiert, nur, um uns zu untersuchen, einzuordnen und sonst wie zu kontrollieren. Wir rollten ein.

Unser Bus schien mir verändert. Seine sonstige Großartigkeit, sein Anspruch auf Modernität, die gewisse Arroganz, mit der er auf die Umgebung blickte, all das war vergangen, von einer Sekunde auf die andere. Auch hatte er zunehmende Schwierigkeiten, sein Vakuum aufrecht zu erhalten, so, als würde das Draußen hier mit größerer Macht auf ihn drängen und ihn irgendwie drücken und quälen. Aber vielleicht bildete ich mir das auch nur ein.

Aber ich merkte dem Bus doch an, dass das hier eine wirkliche Herausforderung für ihn war. Er war irgendwie eingeschrumpft, grauer geworden, kleiner, fast war es so, als versuchte er sich ein wenig durchsichtig zu machen, um den Kontrolleuren nicht aufzufallen, keine Aufmerksamkeit zu erregen. Das war das, was auch Christian tat. Wahrscheinlich hatte der Bus es sich bei seinem Chef abgeguckt. Es dauerte noch einen Moment.

Jetzt erschienen sie, die Kontrolleure, die Diensthabenden, diejenigen, die darüber entschieden, ob unsere Papiere ausreichten, ob wir weiterreisen konnten. Mir fielen besonders die Kopfbedeckungen, die Schirmmützen der Männer auf. Sie waren sehr eindrucksvoll. Von den Abzeichen und den Kordeln verstand ich nichts. Aber der Deckel, der Teller, in dem die Mützen endeten, der hielt meine Aufmerksamkeit gefangen. Dabei handelte es sich nämlich um einen sehr großen Teller mit kreisrundem Radius, wie ich es zuvor noch niemals gesehen hatte. Die Menschen mit diesen merkwürdig runden Mützen, Hüten, uniformen Kopfbedeckungen wirkten bedrückend auf mich. Sie waren exotisch, fremd, in ihrer Gestik und Mimik abweisend. Vielleicht bewertete ich die Bedeutung der Schirmmützen auch über. Das, was meinem Mann auffiel, war deutlich unangenehmer. Die Uniformierten trugen nämlich Waffen bei sich, die er als Maschinengewehre identifizierte, was er wie beiläufig in mein linkes Ohr raunte. Das, was zwischen den Waffen und den Mützen war, die Köpfe nämlich, strahlten professionelle Ablehnung aus, die bei mir durchaus Angst auslöste.

„Is det bei dir och sn flauet Jefühl inne Majengegend?", wollte ich von meinem Liebsten wissen, der aber gar nicht antworten wollte. Er starrte nach vorn, er sprach nicht mehr.

Christian war unsere Rettung, denn er war perfekt vorbereitet. Er hatte alle Zettel dabei, die er haben musste und füllte noch dazu den Einreisezettel aus, so dass es nach einer Weile wirklich weitergehen konnte. Wir waren ja nur auf Transit hier, auf der Durchreise eben. Aussteigen gab es nicht. Unser Ziel lag ja hinter der Oblast Kaliningrad, auf der anderen, auf der litauischen Seite der Nehrung, die man so am besten erreichen konnte.

„Ist die Oblast vielleicht auch eine Last, was meinst du?", fragte ich und bekam nicht mal einen Blick als Antwort.

Ja, unser Bus rollte wirklich weiter, aber vorbei war es mit den Kontrollen natürlich noch nicht. Christian hatte nämlich einen kleinen, gelben Zettel bekommen, den er am nächsten Kontrollposten abliefern musste. Ohne den Zettel waren wir verloren.

„Das mitte Zettel, das ham wir doch schon mal jehabt, oder?"

Natürlich stand diese Frage im Raum, zum Glück verstand Tatjana mein Missingsch sicher nicht. Nun hatte ich mir überlegt, dass der Grenzübertritt vielleicht etwas mit dem Gehirn meines Schatzes angerichtet hatte. Vielleicht hatte er sich auf eine andere Sprache umgestellt und antwortete deshalb nicht.

„Pardon, Monsieur, parlez-vous français? Est-ce que c'est la frontière franco-allemande? Ou sommes nous? Comment trouvez -vous cette région?"

Ich fragte, ob er Französisch spräche, wie er es hier fände und ob ihm die Gegend gefiele, was man so fragt, eben.

„Pscht!", war alles, was ich als Antwort erhielt und gab resigniert und auch ein wenig beleidigt auf. Es war aber auch wirklich nich anjemehm hier, das war nicht zu übersehen. Da gab es dicke Stacheldrahtverhaue an der Straße und eingelassenen Schwellen, die Christian nur in extremem Schneckentempo überrollen konnte. Dafür waren sie gemacht.

Als wir nun endlich in Russland, im ehemaligen Ostpreußen, oder wo auch immer angekommen waren, geriet unsere Tatjana wieder in Schwung. Sie wurde immer wacher und lebhafter und informierte uns in Prozentzahlen über die Bevölkerungsgruppen von Kaliningrad.

„Wir können sagen, dass alle Menschen, die chier leben, sind gekommen von andere Gegenden. Kalieningrad chat 400000 Einwohner, wovon sind cheute noch 0,9% Deutsche."

„Also 3600 Leute, wenn das stimmt", rechnete mein Mann schnell aus. Tatjana erklärte weiter, dass für die neu eröffnete Kirche „ein Pastor gekommen ist aus Deutschland, der die Kirche und die Menschen, die sie besuchen, betreut."

Nun war Christian ein bisschen, aber auch nur ein bisschen entspannter, denn er hatte eine Hürde überwunden. Der gelbe Zettel war da, wohin er gehörte. Und außerdem musste er uns nicht ermahnen, beim Aussteigen die Pässe zu hüten, denn wir durften ja gar nicht aussteigen, wir durften den Bus nicht verlassen. Das musste ihm doch wirklich sehr entgegenkommen.

„Am August wir chaben gehabt chier große Katastrophe, als an einem Tag Rubel chat verloren gewaltig an Wert von US-Dollar. Alles, was man kann kaufen in Gegend von Kalieningrad, was ist besonders, was kommt von Westen, müssen sie bezahlen mit US-Dollar. Weil chat verloren Wert massiv in Folge von nur eine Tag, das war für uns alle ein große Katastrophe und ist geblieben Katastrophe bis cheute."

Tatjana tat mir sofort leid. Sie zeigte auf den Hafen und die Einfahrt von Kaliningrad. Dort sahen wir überwiegend grüne Wiesen und Wohnblocks und Wiesen und Wohnblocks.

„Kalieningrad wurde schwer zerstört von englischen Flugzeugen, so dass nach dem Krieg alles musste abgerissen werden", sagte sie.

„Chier im ehemaligen Zentrum rechts sehen wir gleich noch die Brücke über den Pregel und den alten Königsberger Dom, welcher gerade ist wieder neu aufgebaut worden mit Hilfe von Spenden auch aus Deutschland." Tatjana wusste Bescheid.

„Mönsch, tatsächlich, da steht der Königsberger Dom. Hatt ich mir irgendwie anders vorgestellt, größer. Komisch."

Mein Schatz blickte nur und nickte, immerhin.

Die ganze Stadt wirkte auf mich ein bisschen, wie soll ich sagen, mit wenig Aufmerksamkeit versorgt. Das betraf neben der Straßenoberfläche, mit der Christian und der Bus tapfer kämpften, um nicht mit den übergroßen, plötzlich auftauchenden Schlaglöchern in Berührung zu kommen, auch den Zustand der Fenster. Natürlich durften wir nicht aussteigen, und deshalb war ja auch der Eindruck begrenzt und nicht umfassend. Besonders begrenzt war er natürlich auch deshalb, weil wir nichts anfassen durften und weil wir nichts hören durften. So blieb mir nur der Blick auf die Fenster. Hinter den Fenstern wohnten nämlich die Menschen. Es waren nur wenige Menschen auf den Straßen zu sehen, die wir befuhren, denn sie waren ja vermutlich sämtlich hinter den Fenstern. Es gab dort Gardinen, die irgendwie oder krumm oder schief herumhingen, falls es sie gab. Da ich ja nun ganz vorne saß und es nicht so viel zu berichten gab, hatte Tatjana offensichtlich angefangen, mich zu beobachten. Sie sagte: „Ja, ist schon richtig, Leute sollten ab und zu mal putzen ihre Fenster, sonst ist draußen alles so nebbelig."

"Peut-etre c´est mieux nebbelig, que la réalité", sagte ich meinem Liebsten, der natürlich französisch verstand und wusste, dass ich Tatjana aus unserer Konversation ausschließen wollte. Ich meinte nämlich, dass Nebel besser sei, als die Wirklichkeit und wollte Tatjana mit diesem Satz nicht kränken, der vielleicht ja auch ganz falsch war.

Tatjana hatte wirklich einen ganz besonders tollen, einen sehr eindrucksvollen Charme, und ich bewunderte die Leichtigkeit und den Optimismus, mit dem sie alles zu berichten vermochte. Wir durchquerten die Stadt, und sie wies uns noch hier und dort auf ein Überbleibsel aus der deutschen Zeit hin, das wie verloren zwischen anderen Gebäuden stand. Auch sollten wir den gigantischen Betonklotz bewundern, der anstelle des ehemaligen Schlosses errichtet, aber niemals fertiggestellt worden war.

Wir waren ja auf Transit, auf der Durchreise, daher verließen wir die Stadt auch bald wieder, fuhren durch Bereiche, in denen man durchaus noch alte Einfamilienhäuser erkennen konnte. Danach fuhren wir durch eine freundliche, flache, weite Landschaft, über der jetzt die Schäfchenwolken schwebten wie kleine, schaukelnde Träume. Tatjana hatte den Wetterumschwung vorhergesehen, was man an ihrer Sonnenbrille ablesen konnte.

„Chier wir müssen fahren manchmal etwas vorsichtig. Ist alte Cranzer Allee, weil manchmal chier liegen Kühe auf der Straße."

Es war natürlich so, wie Tatjana es angekündigt hatte. Von der Straße versperrten keinerlei Zäune den Blick auf die Landschaft. Alles war Wiese, oder alles war offenes Land, je nach Sichtweise, und darauf wanderten und schlenderten frei die Kühe.

„Sie sehen zufrieden aus." Ohne Zäune zu leben, schien den Kühen sehr gut zu bekommen.

Von Tatjana erfuhren wir weiter, dass die Straße gerade frisch asphaltiert worden war. Es hatte vor kurzer Zeit eine

Wahl stattgefunden. Die asphaltierte Straße war ein Wahlgeschenk von Boris Jelzin gewesen und wurde deshalb „das Jelzinwunder" genannt.

Praktisch war Christians nun wieder selbstbewusster werdendes Vakuum–Schiff natürlich auch deshalb, weil es uns dauerhaft von oben auf die Landschaft blicken ließ. Wir konnten wie im Theater aus dem ersten Rang weit in das Land hineinblicken und bekamen nach und nach das überhebliche Gefühl, als hätten wir den Überblick, als würden wir etwas überblicken, als würden wir die äußere Wirklichkeit mit unseren Augen bis ins letzte erfassen und das von oben.

„Da haben es die Hörmenschen schon besser", musste ich nun dazu erklären, „denn sie erlauben sich die Annäherung an dieses zweifelhafte Gefühl der Erkenntnis erst, wenn sie sich nachhaltig mit akustischen Eindrücken vollgesogen haben, und davon sind wir natürlich immer noch weit entfernt. Tatjanas reizendes "ch" alleine ist nur im Promillebereich der an sich erforderlichen Informationsmenge."

„Chier wir sehen Versuch von junge Leute von Kalieningrad sich zu bauen neue Chäuser. Sind geplant nach neueste Gesichtspunkte von Modernität. Leider es mangelt an Baumaterial."

Wir erblickten am Weg einige Häuser im Rohbau. Abgelegte Dinge ohne weitere Verwendung zeigten an, dass der Bau stagnierte.

„Das sieht anstrengend aus", sagte ich in leisest denkbarer Lautstärke zu meinem Mann und dachte weiter:

„Chier ich möchte noch nicht denken über Onkel Otto, kommt noch Grenze."

Ein Stück weiter erblickten wir nun den alten Ort Cranz an der Ostsee. Er hatte einen Turm als besonderes architektonisches Merkmal. Wie gerne wäre ich in den Ort hineingefahren, dort ausgestiegen und hätte den rechten oder auch den linken großen Zeh an Ort und Stelle in die Ostsee gesenkt, um danach zusammen mit meinem Schatz ein Eis zu essen! Aber wir hatten ja nur den Transitweg gebucht und bogen so südlich vor Cranz rechts ab, um nun auf die Nehrung, auf die Kurische Nehrung zu fahren. Wir fuhren auf ein Ziel zu, das hier nur eine Richtungsänderung war, ein Abbiegen nach rechts. Es war noch nichts von der Nehrung zu sehen, zu hören, zu riechen oder zu lesen. Noch waren wir nicht da, aber jetzt waren wir schon ganz nah. Ich spürte, dass ich ein wenig aufgeregt wurde, denn nun wurde es ernst. Unser Reiseziel wurde greifbar.

Christian fuhr mit uns an einen Schlagbaum heran.

„Ist nicht Grenze, sondern Einfahrt in Naturschutzgebiet." Wie gut, dass Tatjana uns alles erklären konnte! Hinter dem Schlagbaum kamen wir in ein Gebiet, das mit vielen Kiefern bestanden war. Auch die obligatorischen Birken zeigten sich uns in großer Zahl. Wir fuhren weiter, weiter, immer weiter in Richtung Nordost. Tatjana kam jetzt wieder richtig in Fahrt und blockierte mit ihren Äußerungen meine Gedanken. Ich aber wollte gerne meinen eigenen Gedanken nachhängen und ihr nicht zuhören. So ging, was sie erzählte in ein Ohr hinein und ungefiltert aus dem anderen Ohr wieder heraus. Offensichtlich hörte auch mein Mann nicht wirklich zu, denn er sagte:

„Wo bleiben denn heute deine Gruselgeschichten?"

„Die von hier kenne ich nicht."

„Welch ein unglaubliches Glück! Wenn du möchtest, kannst du dich gerne ein bisschen bei mir anlehnen", sagte der beste aller Ehemänner.

Ein kleiner Nachtrag zur Klarstellung aber muss an dieser Stelle noch erfolgen. Normalerweise ist es so, dass, wenn jemand redet, ich immer zuhören muss. Dass ich jetzt Tatjana nicht mehr zugehört hatte, musste eindeutig daran gelegen haben, dass ich müde war. Normalerweise höre ich zu, verstehe und denke, ob ich will oder nicht. Dieses ungewollte Vorgehen musste daran liegen, dass ich eben ein Hörmensch bin. Zu diesem Schluss war ich gekommen. Leider konnte ich wegen Tatjanas dauerndem Redefluss diese wirklich bedeutenden Erkenntnisse meinem Mann nicht mitteilen, sondern sie nur für mich in meinem Gehirn denken. Es könnte ja so sein, so überlegte ich weiter, dass das mit dem Zuhören wie mit dem Lesen ist.

„Wenn man eine Sprache versteht, wird man zu einer Art Zwangszuhörer und Zwangsleser. Das Gehirn gibt sich nicht mit der Melodie der Sprache oder den Linien der Schrift zufrieden, sondern beginnt vollautomatisch und ohne Rücksprache mit dem Gehirnträger, ob der das denn überhaupt wünscht, oder nicht, alles aufzuschlüsseln. Manchmal hätte ich mir gewünscht, nicht diese automatische Entschlüsselungsfunktion zu haben, sondern die Grundlage der Sprache, die Musik, die damit verbunden ist, die Linien der Buchstaben zu betrachten und sie zu sehen, so wie sie sind, ohne sie gleich zu verstehen."

Offensichtlich hatte ich begonnen, diese Gedanken doch ein wenig zu artikulieren, denn mein Mann sagte in ernstem Ton: „Führst du Selbstgespräche?"

Ohne Ton dachte ich weiter, dass ich gerade wieder etwas gelernt hatte. Ich war also nicht nur ein Hörmensch, sondern ich war auch ein Zwangszuhörer und Zwangsleser in der Sprache, die ich beherrschte. Anders war das natürlich in anderen Sprachen. Da konnte mein Gehirn nichts entschlüsseln und deshalb blieb mir nichts, als einfach nur die Sprachmusik und die Schreiblinien zu sehen. Als mir das klar wurde, wünschte ich mir im gleichen Moment so sehr, dass Tatjana nur noch auf Russisch berichten würde. Ich würde zwar nichts verstehen, aber ich würde den Klang und die Musik ihrer Sprache hören und mich daran freuen wie an einem Konzert. Ich war überzeugt, dass der Geist, die Seele, die Geschichte der Menschen einzig aus dieser Musik zu verstehen sein würde. Ich war aber auch ein wenig traurig und auch enttäuscht bei der Erkenntnis, dass jede Sprache ihren musikalischen Reiz verliert, sobald das Gehirn dazu in der Lage ist, die Banalität der Bedeutung der Worte zu entziffern. Leider war das dann nicht mehr rückgängig zu machen. So war jede fremde Sprache wie ein Konzert, wie ein Blick in die Seele des Landes, seine Gefühle, wie ein authentischer Zugriff auf den Klang und das Geräusch seiner Geschichte, allerdings nur so lange, wie man sie nicht verstand.

„Du siehst schrecklich nachdenklich aus, oder hast du ein gesundheitliches Problem?", fragte mein Mann. Ich konnte nichts antworten, denn ich hörte Tatjana jetzt wieder sehr aufmerksam zu. Sie erzählte über die wunderbar fortschrittlichen Hotels auf der Nehrung unter russischer Leitung. Sie selbst war nämlich schon dort gewesen.

„Sie können wissen, dass es sogar Badezimmer in den Zimmern der Gäste gibt. Es ist einfach alles vorhanden."

Ich blickte aus dem Fenster, hörte zu und sah andere Dinge als das, was Tatjana sprach. Neben der Straße liefen einige Kinder ohne Schuhe in der Sonne. Sie hatten Badesachen an und machten einen sehr frohen und unternehmungslustigen Eindruck. Mir gefielen diese Kinder ganz besonders gut, denn sie hatten diesen sehr schönen Ort ganz für sich allein. Zäune sah ich nicht. Außer unserem Bus gab es nämlich kaum Straßenverkehr. Ich musste vor mir selber zugeben, dass ich neidisch auf die Kinder war, dass ich eine große innere Unruhe verspürte, denn die Kinder signalisierten mir, dass wir unmittelbar am Meer waren. Im gleichen Moment fand ich es ganz furchtbar, in diesem Bus zu sitzen, mir Erzählungen über das Meer anzuhören und auch über die wunderschöne Landschaft, ohne dass ich selbst die Genehmigung hatte, auch nur einen einzigen Zeh vor den Bus zu setzen. Ich hörte von der Landschaft, aber ich sah sie nicht. Ich sah nur die Straße und Bäume, Bäume und die Straße, die Straße und Bäume. Tatjana hatte ihr Programm noch nicht bis zum Ende abgespult. Sie begann jetzt lange Vorträge über die Elche auf der Nehrung zu halten.

„Penses-tu que la guide lithuanienne nous racontera encore une fois les mêmes histoires?", erkundigte ich mich bei meinem Schatz, ob er glauben würde, dass wir in Litauen nochmal die identischen Geschichten zu hören bekommen würden.

„Oui, mon amour", sagte er.

Ein neues Wort aus Tatjanas wunderbarer Melodie machte mich jetzt wieder besser gelaunt. Sie sagte:

„Wir kommen vorbei an alter Vogelstation Rybatschi, hieß früher Rossitten. Chier hatte 1901 deutscher Forscher Thienemann erste Station gegründet, um zu fangen und zu zählen Vögelein. Vögelein von ganz Europa fliegen in Frühling und Cherbst über Nehrung und chier ist so entstanden erste Station um zu zählen Vögelein. Heute Forscher von Universität Kalieningrad haben alte Arbeit wieder aufgenommen und Vogelwarte ist besetzt ganzes Jahr."

In meinem Kopf drehte es sich: „Vögelein von ganz Europa..."

Von allen Tieren auf der Welt hatten es mir immer schon die Vögel angetan. Sie standen mir so nahe! Die Vögel waren die Tiere auf der Welt, von denen ich meine, dass sie die größte Freiheit haben. Sie können sich nämlich ihre Wege selbst suchen und sie können Erde, Luft und Wasser bevölkern. Die Vögel sind ungeheuer lebhaft und eigentlich immer fröhlich. Sie sind Meister darin, sich anzupassen und dennoch sie selbst zu bleiben. Diese unglaubliche Freiheit besitzen sie durch ihre Flügel.

Wir waren also in Rossitten, russisch Rybatschi. Die ehemalige Deutsche Vogelwarte wurde 1945 verlegt, so hatte ich gelesen. Alles klar. So hieß es. Man hatte verlegt. Im gleichen Moment fand ich das Wort sehr interessant. Ich überlegte, was man alles verlegen könnte. Bücher kann man verlegen, Brillen kann man verlegen, Vogelstationen kann man auch verlegen. Alles schreibt man mit einem „ver". Nun war ich in

Gedanken ganz mit dieser Buchstabengruppe „ver" befasst, die es mir irgendwie angetan hatte.

Sicher war es so, dass ich das „ver" auch leise vor mich hinsagte, so als Buchstaben einfach, um den Klang zu testen. Wenn das einer gehört hätte, hätte er mich glatt für verrückt halten können, aber ich war einfach zu leise. Ich fragte mich also nach interessanten Worten mit den Buchstaben „ver".

Verlegt, der Verleger, verloren, verlassen, vereinsamt, verschlissen, verschossen, verdrossen, vergasen, verjagen, vergehen.

„Die Schmerzen und die Trauer vergehen", hatte mein Liebster gesagt, und: „Du hast geweint, und damit musst du es nun gut sein lassen". Aber ich wusste genau: es war nicht gut, es würde niemals gut sein.

Die Vögelein, sie sind geflogen jedes Jahr, jedes Frühjahr, jeden Herbst, egal ob mit oder ohne Vogelstation. Egal, ob mit oder ohne Krieg. Egal, wie das Land gerade hieß, in das sie reisten. Und wo ist also das Zuhause der Vögel? Ist es dort, wo sie im Sommer leben und ihre Jungen bekommen, oder dort, wo sie den Winter verbringen? Wie schaffen Sie es nur, in Taiga und in Marsch gleichermaßen zu Hause zu sein?

Nach Osten rollten wir langsam auf die letzte Grenze zu, die wir zu bewältigen hatten. Sie war irgendwie neu, neu eingerichtet, neu gemacht, das war mein Gefühl. Auf der russischen Seite war alles klar und glatt. Christian war nervöser als je zuvor. Wieder ging das Hantieren mit den Zetteln los.

Wir rollten an den Kontrollpunkt heran, Tatjana sprach in unterdrückter Lautstärke und mit abgestelltem Mikrofon mit den Grenzern in ihrer Sprache. Leider war es einfach zu leise. Ich hörte nichts. Die Sache an sich aber gelang. Alle Zettel waren da und Tatjana stieg aus. Sie winkte uns zu und wünschte eine gute Weiterreise.

Nun fuhren wir mit Christian allein durch das Gebiet zwischen Russland und Litauen, auf den litauischen Kontrollposten zu. Da standen zwei Mann in russischer Uniform am Weg, vor denen Christian erneut stoppen musste.

„Hat er einen Zettel vergessen?", überlegte mein Mann.

Nein, das war es nicht. Hier war ein Obulus in Naturalien zu entrichten, den Christian wohlweislich schon bereithielt. Es war eine Tüte, die er übergab.

„Getränk für die durstigen Leute. Es ist so warm", sagte Christian und ich wunderte mich.

Nun kam die litauische Grenze, die ich viel ruhiger, entspannter und sogar irgendwie beinahe gemütlich fand.

„Hoffentlich ist die Führerin schon da." Dies musste eine der wiederkehrenden Ängste unseres Christian sein.

Sie war. Jewa wartete auf einer Holzbank sitzend auf uns, stieg ein und begann sofort in ihrer Melodie deutsch zu sprechen. Es war eine andere Musik, ich hörte das gleich. Jewas Sätze begannen alle mit einem melodischen Auftakt, um dann in einem singenden Crescendo zu enden. Es klang einfach wunderbar.

„Guuuuten Tag! Morgen wir beginnen den Tag mit einer Begrüßung. Heute wir wollen schon üben dafür. Labas rytas! Guten Morgen!"

Christian hatte ja gesagt, wie anstrengend der Tag werden würde. Und obwohl wir nichts weiter gemacht hatten, als zuzuhören, war bei mir nun mit allem Schluss. Kein Zuhören, mehr, kein Verstehen, kein Nachdenken. Ich wollte nur noch schlafen, irgendwo liegen und schlafen. Auch der Wusch, das Meer zu sehen war völlig verschwunden. Wenn ich noch einen Meter hätte gehen müssen, um dort anzukommen, ich hätte es nicht getan.

Alles lief unbemerkt an mir vorbei. Die Ankunft im Hotel, die Zimmerverteilung, der Weg zum Zimmer. Allerdings bemerkte ich dann doch, dass auch dieses Zimmer wieder kein Doppelbett hatte. Auch der Zustand des Badezimmers, ohne

Fliesen mit rohem, vom Zahn der Zeit deutlich mitgenommenen Putz ausgestattet und auch von den Resten vorheriger Dusch- und andersartiger Badbesuche gezeichnet, ließ mich kalt. Ich sah noch, dass es als Abfluss ein Loch im Boden gab, zentral, wie praktisch. Es gab allerdings einen funktionierenden Spiegel. Also betrachtete ich mich beim Betreten des Badezimmers im Spiegel und ließ nicht davon ab, bis ich es wieder verließ. Das funktionierte.

Es war wieder sonnig und auch heiß, so dass das Fenster weit geöffnet sein musste. Wie schön!

Wir waren angekommen und konnten beim Einschlafen noch mithören, was die anderen im Nachbarzimmer sich so zu erzählen hatten. Das war uns egal.

„Endlich da! Ich freu mich auf die Ferien. Nun fangen sie an."

In unserem Leben hatte Onkel Otto immer irgendwie dazugehört. Er konnte das Akkordeon spielen wie kein zweiter. Er liebte die Natur. Otto kannte den Schrei der Vögel, er konnte sie alle unterscheiden. Er konnte diese Schreie nicht nur nachmachen, sondern allen Kindern erklären, was der Unterscheid war, so dass sie bald selbst alle Vögel kannten, besser als ihre Eltern. Wenn keiner Zeit hatte, Otto hatte sie. Er nahm die Kinder mit in die Natur. Er erklärte die zarten Blüten der Wildblumen, die von anderen Erwachsenen nur achtlos zertreten wurden. So wie er die Wildblumen achtete, die für ihn natürlich kein Unkraut waren, so gab er auch uns Kindern das Gefühl, uns zu verstehen und vor allem: uns ernst zu nehmen. All das erhöhte Ottos Ausstrahlung beständig. Die seltsame Distanz der anderen Erwachsenen in der Familie zu Otto erklärte das allerdings nicht. Warum das so war, darüber sprach niemand.

Mit Otto war man eins, Kinder unter sich. Otto selbst hatte keine Kinder. Er lebte zusammen mit seiner Frau, Tante Ella in dem großen alten Haus, um das es jetzt ging. Dieses Haus hatte, solange ich denken konnte, eine magische

Anziehungskraft auf mich gehabt. Es lag inmitten einer schönen Wiese, in deren hinterem Teil eine große Gruppe alter Obstbäume stand. Das Haus hatte diese einmalige Mischung aus hohen Fenstern mit geschwungenen Rahmen und italienisch schwebenden Balustraden, die wie selbstverständlich Aufgang und Balkon umrahmten. Die geschwungenen Fenster erinnerten mich schon als Kind an Flügel. So ein Haus mit Balustraden und Flügeln war einfach märchenhaft. Natürlich war das Haus gelb gestrichen. Natürlich gehörte dazu das Garagenhäuschen, das im Frontalanblick von zwei großen, hölzernen Schwingtoren bestimmt war. Otto und Ella hatten sich immer wirklich abgequält mit dem Haus, denn es war einfach irgendwie viel zu groß für sie.

Otto hatte seine Zeitschriften in dem Mahagonischrank aufbewahrt, der vorne rechts unter dem Fuß einen gefalteten Bierdeckel haben musste, aus Gründen der Stabilität versteht sich. Im Winter schimpfte Ella beständig, dass das Haus einfach nicht warm zu bekommen war. Am Abend musste man immer eine Wolldecke haben, damit die Füße nicht kalt wurden. Ich fand das gemütlich. Für mich war alles sowieso nur ein riesengroßes Vergnügen. Wenn ich bei Ella und Otto abends weit über die häusliche Zubettgehzeit hinaus mit vor dem Fernseher sitzen durfte, war es einfach wunderbar. Ottos Spezialität am Abend war frisches Zuckerei, das er mittels einer Handmixmaschine in Windeseile herzustellen vermochte. Ella war dabei immer dem Nervenzusammenbruch nahe, denn das Zuckerei war zwar gut, aber die Küche sah ihrer Meinung nach aus wie „Sodom und Gomorra".

Was Ella damit meinte, blieb letztlich unklar. Es war aber klar, dass Ella nach der Zuckereiaktion immer für zwei Tage ungenießbar war. Ella und Otto waren also eindeutig zwei der wenigen guten Geister, die man als Kind so haben kann.

Nun klingt das alles sehr nett, aber die Sache war ja mit einem schweren Problem verbunden. Was war dieses Problem?

„Sie haben noch 3 Wochen Zeit, um das Erbe anzunehmen oder auszuschlagen", sagte der Notar mit mahnender Stimme bevor wir uns in Richtung Osten davon machten.

Sodom und Gomorra waren Orte schweren Lasters. Das Zuckerei und die biblische Geschichte flossen in meinem Kopf kurz vor dem Eintauchen in das Reich der Träume unauflöslich zusammen. Meine Gedanken wurden zusätzlich besänftigt durch das sanfte Raunen der Stimmbänder meines Liebsten, der es als einziger Mensch auf der Welt verstand, mein überreiztes Gehirn zu beruhigen. Alles war gut.

3. Tag – Ein neuer Tag ist ein neues Programm

Schon beim Frühstück waren mein Liebster und ich uns einig. Heute würden wir etwas auf eigene Faust unternehmen. Jewa wollte uns aber unbedingt noch den Ort Nidda zeigen. Wir waren neugierig auf ihr Programm. Zusätzlich hatten wir die Sorge, uns am Ende wegen unseres Eigensinns im Ort nicht auszukennen, wenn wir sofort alles nur auf eigene Faust erkunden würden. Also wollten wir das angebotene Programm noch absolvieren, nicht zu lange allerdings.

„Heute machen wir zwei Sachen. Zuerst besichtigen wir die große Wanderdüne und haben von dort den wunderbaren Blick auf das Haff, dann werden wir das Haus vom großen Dichter Thomo Manno besichtigen."

Nicht nur wir hatten geschlafen wie die Steine, sondern auch unser Christian, der jetzt wieder ganz frisch und mit einem neuen weißen Hemd vor uns stand. Auch sein Bus sah irgendwie glatter und entschlossener aus, als hätte auch er die Nacht in einem Hotelzimmer verbracht. Aber diese merkwürdige Übereinstimmung der beiden war uns ja schon gestern aufgefallen.

Die Stimmung war gut. Christian und sein Bus hatten nun nur kurze Wege zu fahren. Er war voller geworden, der Bus, denn nun waren auch die aufgetaucht, die mit dem Flugzeug angereist waren. Natürlich hatten sie uns nicht über den grundsätzlichen Vorteil dieser Art des Reisens im Unklaren gelassen. Neben der Zeitersparnis war auch der Fortschritt auf ihrer Seite, das war so. Zum Glück blieb unser Haufen dennoch sehr überschaubar und weitere Zugänge waren jetzt nicht mehr zu erwarten, so schien es zumindest.

Heute würde es keine Grenzkontrollen geben, und Christian musste auf keine Zettel achten. Er und sein Bus fuhren uns nur ein paar Mal um die Kurven und schon waren wir am Fuß der großen Düne angekommen. Wir stiegen aus und gingen durch feinen Sand, der schon bald den Weg ganz ausmachte. Es gab nur eine Richtung. Es ging aufwärts. Die Sonne schien einfach unerbittlich. Je weiter wir bergauf gingen, desto weniger Pflanzen waren in unserer Nähe zu sehen, denn der Sand wurde immer beherrschender. Sollten wir in Schuhen gehen, die im Sand versanken, oder doch besser barfuß? Der Sand war noch sehr warm, bald würde er kochend heiß sein. Unser Gangbild änderte sich, wir stiefelten energisch voran, als wären wir in eine tiefe Schneewehe geraten. Wir verzichteten bald auf unsere Schuhe und mussten uns dann allerdings immer mehr auf die Füße konzentrieren, um in dem haltlosen Stoff voranzukommen. Auch das Hochnehmen, das Herausziehen der Füße erforderte Kraft, denn der Sand wollte an uns saugen, so schien es. Irgendwann waren unsere Kräfte verbraucht. Erst als wir saßen, begriffen wir, wo wir uns befanden. Um uns herum hatten wir Sand in feinster Qualität und in allergrößter, unvorstellbarer Menge. Ganz oben auf diesem Sandberg saßen wir und hatten freien Blick weit übers Meer, nein es war das Haff. Unser Blick ging ja nach Osten. Ganz hinten links konnten wir winzig klein zwei Menschen in der Sandwüste gehen sehen. Die kleinen, schwarzen Punkte rechts auf dem ockergelben Grund waren Vögel. Nein, nein, nicht was ihr denkt. Es waren ganz ordinäre Möwen, keine Zugvögel.

Der Aufstieg auf die Düne hatte schon Kraft gekostet. Wir fühlten uns wie in der Wüste, waren wie gelähmt und lagen einfach nur noch im Sand herum. Es war wahnsinnig heiß.

Unter uns lag die Düne genau wie wir einfach so herum, das glaubten wir zumindest. In Wirklichkeit aber lag sie nicht, sondern diese Düne wanderte höchst langsam, aber höchst zuverlässig so vor sich hin. In ihrer kleinsten Einheit, dem einzelnen Sandkorn schaffte sie das in Zusammenarbeit mit dem Wind und ließ sich nicht stoppen. Sie hatte das schon in all den Jahren getan, in denen wir nicht da gewesen waren.

Sie war gewandert, als die Menschen im Konzentrationslager verhungerten, als die Atombombe in Hiroshima explodierte und als wir auf die Welt gekommen waren, wanderte sie sowieso.

Still lagen wir da, schauten in den Himmel und wurden immer träger. Vielleicht war es auch so, dass die stehende Hitze der Düne in meinem Mann tiefe Schichten der Seele zum Klingen gebracht hatte.

Etwas, das im Grunde bekannt war, das so normal war wie der morgendliche Tee wurde nun zum Gegenstand unseres Gespräches. Mein Schatz fing an zu erzählen, dass er ein Flüchtlingskind sei. Natürlich hatte ich das gewusst. Was ich aber nicht gewusst hatte, war, dass seine Eltern genau hier ihre Flitterwochen verbracht hatten. Mein Schatz erzählte weiter, dass für ihn die Erzählungen aus dieser Zeit immer auf die gleiche Weise abgelaufen waren. Sie endeten nämlich grundsätzlich mit einem unnachahmlichen Seufzer seiner Mutter. Nun kann das nur jemand verstehen, der seine Mutter persönlich kannte. Sie konnte nämlich seufzen wie kein zweiter Mensch auf dieser Welt.

Mein Ehegemahl berichtete, dass ihm das alles zu viel gewesen sei, die immer gleichen Berichte von verlorenen Wundern und diese schrecklichen Seufzer, weshalb er von sich aus niemals darüber gesprochen habe.

„Es war eben das übliche Gejammer über die einmalige, unwiederbringliche, unrettbar verlorene Gegend. Ich hatte es schon hundertmal gehört, vielleicht hatte ich es auch tausendmal gehört. Auf jeden Fall konnte ich es nicht mehr ertragen. Ich weiß noch, dass sie damals besonders Schwarzort geliebt hatte, meine Mutter."

Meine Schwiegermutter war gebürtige Ostpreußin gewesen, und sie konnte nur auf diese eine Art, auf diese seufzende Art von ihrer Herkunftsgegend berichten. Und dann traute ihr Sohn sich noch zu gestehen, dass er wirklich nicht nur von der Hochzeitsreise, sondern von allen Dingen und

Geschichten aus Ostpreußen schon lange gar nichts mehr hören konnte, denn immer gehörten die schrecklichen Seufzer dazu.

„Es konnte ja gar nicht sein, dass alles, einfach alles so perfekt gewesen war. Und dann konnte es auch nicht sein, dass man sich nicht überlegte, warum alles verloren war, und ob man nicht vielleicht auch selbst einen Anteil daran hatte und wenn ja, welchen."

Na, da merkte ich schon, wie schwer ihm die Kritik an seiner Mutter fiel. Er konnte nur das allgemeine Wörtchen „man" benutzen und meinte doch seine Mutter, seine Eltern. Ich sagte nichts. Die Sache würde sich entwickeln.

Nun, die Wüste war total verwüstet, sandig, einsam und weit, aber dort hinten am Ende, am Rande des ewigen Sandes, oder war es mitten darin, standen kleine Stecken im Sand.

„Das ist die Grenze nach Russland", sagte Jewa, die nun auch oben angekommen war.

„Mehr nicht?", wunderten wir uns und nahmen unsere Kraft zusammen, um dorthin zu gehen. Tatsächlich, auch aus der Nähe waren hier nichts anderes als gelbe Holzstöckchen im Sand zu sehen.

„Was passiert, wenn man hinübergeht?", wollte mein Schatz wissen.

„Ich glaube nicht, dass jemand das besonders beachtet. Aber seien sie lieber vorsichtig."

So waren wir wieder an einer Grenze angekommen, die diesmal aber nichts von uns verlangte, außer, dass wir sie respektierten.

„Ich wollte sowieso nicht dahin, du etwa?", fragte ich meinem Mann, der signalisierte, dass er lieber die Informationen von Jewa hören wollte, als zurück nach Russland zu gehen.

„Eins", sagte die studierte Jewa, „müssen sie unbedingt gesehen haben. Es ist sehr wichtig. Es ist das Haus des großen Dichters, der hier gelebt hat für einige Sommer. Das Haus ist wunderschön renoviert und ein wichtiger Teil von europäischer Geschichte."

„Nun gut", sagten wir leis zu uns selbst und gingen mit, beide. Der Strand rief nämlich schon seit Stunden immer lauter nach uns. Niemand wusste, wie das Wetter werden würde. Da galt es doch, die Stunde zu nutzen. Aber nun würden wir noch etwas von unserer kostbaren Zeit investieren, um das Haus von Thomo Manno zu besehen.

„Immer, wenn es irgendwo besonders schön ist, war Thomas Mann schon da", meinte mein Schatz. „Weißt du noch, das Hotel an der Flensburger Förde? Thomas war natürlich auch dort gewesen."

„Ja, aber wir auch. Vielleicht haben wir den gleichen Geschmack wie er."

Unser Bus hielt an einem schattigen Kiefernwäldchen, in einer Parkbucht, die extra für die Literaturinteressierten eingerichtet worden war. Rechts und links der Straße waren Anhöhen, vermutlich bewachsene Dünen unübersehbar. Im Schatten der Bäume stiegen wir auf. Nein, so kann nur eine Flachländerin schreiben. Wir wanderten eine Auffahrt hinauf. Am Ende der derselben zeigte sich das frisch renovierte Haus des Dichters. Es war ein Haus, wie es viele in Nidden gibt. Es war ein Holzhaus in braun-weiß-roten Tönen. Wir erreichten es mit einer seitlichen Ansicht und durften zunächst ganz allein hindurchwandern. Außer unserer überschaubaren Gruppe war niemand dort.

Ich fand die Zimmer erstaunlich klein. In Richtung auf das Wasser hin sollte es einen sehr gelobten italienischen Blick gegeben haben. Dort, wo dieser Ausblick hätte sein sollen, standen jetzt etliche hohe Bäume. Weiter ging es nach oben, in die 1. Etage. Dort fand sich das Arbeitszimmer des Berühmten, des Nobelpreisträgers. Hier schrieb er das Werk: „Josef und seine Brüder". Ich fand mich in einem kleinen Raum wieder, der mit Schräge unter dem Dach lag. Der Schreibtisch des Dichters stand direkt am Fenster. Ich fühlte tief in mich hinein, ob etwas von seinem Geist hier in diesem Raum noch wirkte, etwas, das ich spüren konnte, das mich erreichte und vielleicht sogar etwas mit mir machte. Aber da war nichts, außer, dass der letzte Satz nun doch länger geworden ist, als es an sich für mich üblich ist.

In dem Haus gab es keine weiteren Möbel, nichts. Aber Bilder gab es dort, Fotografien, die den Künstler zeigten, mit seiner Frau, mit seiner Familie, mit berühmten Gästen. Ein Foto zeigte ihn in Begleitung seiner Frau Katja auf dem Schiff bei der Anreise nach Nidden.

„So ein Bild gibt es von meinen Eltern auch!", flüsterte andächtig, aber auch ein wenig aufgeregt mein Schatz.

„Wie, deine Eltern waren mit Thomo Manno auf einem Foto? Waren sie bekannt?"

„Du Frechdachs! Nein, sie sind auf Ihrer Hochzeitsreise auch mit dem Schiff angereist. Jetzt erinnere ich mich wieder daran."

Zu diesem Zeitpunkt war Thomo Manno aber schon nicht mehr auf der Nehrung anwesend gewesen. Das stellten wir gemeinsam fest. Die Hochzeitsreise meiner Schwiegereltern fand im Jahre 1942 statt, Thomo Manno hatte schon viel früher das Land verlassen müssen. Er war zuletzt 1932 in Nidden gewesen. Da war dann auch wieder das Wortspiel da: verlassen, verschwunden, verbinden, verwunden, verboten, versunken, vergast und verbrannt.

Die Vorsilbe „ver" ist einfach eine geniale und einfache Art, komplizierte Sach-ver-halte zu ver-schlüsseln. Dabei werden Dinge ver-fremdet, und die benutzende Person erhält automatisch die Chance, sich Themen zu nähern, ohne sich auf sie einzulassen. Eine geniale Art der Sprache, etwas zu sagen und es gleichzeitig zu ver-schleiern. Dabei werden Dinge ver-fremdet und der Sprecher oder die Sprecherin hat die Chance, sich einerseits dem Thema zu nähern, sich jedoch in keiner Weise darauf einzulassen. Dieses Silbchen ver-mittelt den Eindruck von etwas unklar Schwierigem, etwas

Negativem, ohne auch nur im Entferntesten in die Nähe einer Präzisierung oder gar einer Definition zu gelangen. Es könnte auch sein, dass damit ausgedrückt wird, dass jemand etwas gemacht hat, das Auswirkungen auf eine Sache oder eine Person hat, eher ungünstige Auswirkungen, ohne das genauer zu präzisieren, ohne zu sagen, um was genau es sich gehandelt hat.

Jewa versammelte uns auf der Terrasse des Künstlerhauses und berichtete über das Leben des Berühmten im Nida, seinen Alltag, seine Wege.

Er hatte sich nämlich sehr strenge Rituale auferlegt, einen immer wiederkehrenden Rhythmus für seinen Alltag und schrieb am liebsten in den Vormittagsstunden, so erfuhren wir.

„Zur Zeit des Dichters im Nida war der Ort litauisch."

Jewa sagte das mit erkennbarem Stolz und der wunderbaren Melodie ihrer Sprache. Sie verriet auch, dass nach dem Weggang des Dichters ins Exil das Haus von Größen der Nazidiktatur bewohnt war.

„Göring hat hier mehrfach übernachtet", sagte einer aus der Gruppe so laut, dass es nicht zu überhören war. Jewa aber gelang es, diese Äußerung mit einem ausdruckslosen Gesicht zu ver-hören.

„Da sehen wir, wer sein wahrer Held ist", raunte mein Schatz mir ins Ohr und ich versuchte ver-gebens, im Boden zu ver-sinken. Etwas musste von mir zu diesem letzten Satz gesagt werden. Ich richtete den Blick auf meinen Mann und sprach zu ihm:

„Welch Irrsinn! Alle waren sich hier auf den Fersen: die Litauer, die Deutschen, die Russen, Thomo Manno, Göring, deine Eltern, Rolfchen, die Vogelforscher und jetzt Jewa und wir."

„Wir sind ja nur zu Besuch", meinte der Liebste.

„Aber sind das nicht viele der anderen auch gewesen, auf ihre Art?", warf ich ein.

„Entscheidend ist, dass man sich gut benimmt und niemandem schadet."

„Hat nicht jeder der Besucher sich selbst für gut erzogen gehalten, was meinst du?"

„Na, dem Rolfchen war das doch wohl eher egal, er war ja noch so klein", wagte ich zu widersprechen.

Und dann brach es aus mir heraus.

„Rolfchen ist das wahre Opfer, er, und alle, die den Glauben an sich, die innere Gewissheit des Seins und im schlimmsten Fall das Leben selbst verloren haben, mehr noch als ihren Besitz. Die, die wie Rolfchen ohne zu wissen, was geschah, zerstört wurden, die versanken, verjagt und vergast wurden. Die, um die kein Pastor je betete und die, deren Namen erloschen sind, um die keiner je weinte, weil sie in den Lagern vertreten wurden oder ihre Knochen von Laub bedeckt in irgendwelchen Weiten oder Gewässern vermodern, egal, welche Sprache sie sprachen oder woher sie kamen. Die, deren Geschichte gestorben ist wie sie. Wir müssen uns erinnern, wir müssen nach den ungeschriebenen und nach den vergessenen Geschichten suchen, nach den Menschen, wir müssen sie kennen und benennen, denn sonst werden die Menschen und ihre Geschichten verloren sein bis in alle Zeit."

„Stimmt", meinte mein Mann mit nur einem Wort, obwohl ich so lange gesprochen hatte.

„Verloren und vergessen sind dann nicht nur die Menschen, sondern auch das Leid und die Not, die Verzweiflung, der ganze Wahnsinn des Krieges."

„Aber wie verkraften wir denn selbst all diese Schrecklichkeiten, wenn wir zu dem, was bekannt ist, noch neue Geschichten und neue Not dazu suchen?", wagte er zu sagen.

„Vielleicht ist ja auch was Schönes dabei, etwas, das sonst auch niemand mehr wüsste, ein Schatz, vielleicht finden wir ja in all dem Grauen am Ende einen Schatz."

Der Blick meines Mannes verriet seine Zweifel.

Nun hatten wir Jewas Programm absolviert. Sie machte mit der Gruppe noch weitere Exkursionen in Nidden, die uns aber zu langatmig vorkamen. Jewa war eine Gute. Sie verstand uns und zwinkerte uns zu.

„Viel Spaß am Strand!"

„Nu wüll ick inne Sünn und an de Strand. Wi möt nu los, denn de Dag ist all half vörbi."

Um unsere liebe Jewa nicht zu sehr aus dem Konzept zu bringen, setzten wir uns heimlich und leise von der Gruppe ab. Im gleichen Moment überrollte uns rücklings ein großes Gefühl der Freiheit und der Unabhängigkeit und wir hatten auch den Eindruck, dass nun ganz Litauen uns zu Füßen lag. Wir konnten gehen, wohin wir wollten, endlich! So wanderten wir auf unseren nun wieder beschuhten Füßen los. Es ging ein Weg durch den sonnendurchfluteten Ort in Richtung auf das Meer hin. Es muss noch einmal gesagt sein, dass Nidden ja von zwei Seiten von Wasser umgeben ist. Das Wasser ist einfach überall. Auf der einen Seite ist ja das Haff und auf der anderen Seite ist die Ostsee. Wir wollten in die Ostsee, die wir auf der gesamten Reise bisher nur in Frombork gesehen hatten, von außen. Dazu mussten wir jetzt noch querab durch ein Wäldchen und nicht zu hohe Dünen gehen. Ich rechnete jeden Augenblick in fester Überzeugung damit, nun bald dem flanierenden Dichter auf einem seiner Spaziergangrituale zu begegnen.

„Er hatte immer einen eleganten Hut auf. Ich finde, dass er ein sehr gutaussehender Mann war. Und ich muss dir sagen, dass er Ähnlichkeit mit meinem Opa hatte wie auch mit dir. Und wenn du mich fragen solltest, woran ich diese Ähnlichkeit festmache, dann kann ich auch das ohne Probleme beantworten. Es sind die Ohren. Sie sind einfach sehr groß. Das habt ihr drei eindeutig gemeinsam. Außerdem vermute ich, dass bei euch allen dreien dicke dunkle Haare wie Borsten aus der Ohrmuschel wachsen. Wenn ich meinen Opa als Kind betrachtete, so war ich immer schon besonders von diesen langen Borsten im Ohr fasziniert. Das ist doch wirklich was Besonderes. Zeig dein Ohr mal her!"

Das Erste hörte mein Liebster sehr gerne, vor allen Dingen den Anfang meiner Ausführungen genoss er und begann deshalb damit, mich zu umschnurren wie ein Kater, denn er wusste, dass beide Vergleichsmänner a) tot und b) außerordentliche Vorbilder für mich waren. Er befand sich also im Olymp meiner Gunst. Was hatte ich da gesagt? Mein Opa, Thomo Manno und mein Schatz verschmolzen wegen der Ohren zu einer Person. Konnte das sein? Um den Dingen auf den Grund zu gehen, versuchte ich nun, die Ohren meines Ehemannes auf offener Straße genauer zu inspizieren. Das sollte der Wahrheitsfindung dienen. Er allerdings ließ das nicht zu und blieb damit das letzte Detail schuldig.

Ja, da waren Sie schon wieder, diese gewagten Vergleiche. Eine Gemeinsamkeit gab es aber in jedem Fall. Der berühmte Dichter und Nobelpreisträger und mein Großvater waren tatsächlich außerordentlich friedliebende Zeitgenossen gewesen. Später, als wir es dann doch tatsächlich geschafft hatten, fix und fertig in Badeklamotten am Strand zu liegen, liefen meine Gedanken immer noch im Kreis.

Im Haus von Thomo Manno hatte es auch alte Zeitungsberichte zu seiner Anreise nach Nidden gegeben. Dort konnte man lesen, dass er im Ort Vorträge zur Schönheit desselben und über die Vorzüge der Düne gehalten hatte.

„Und ein so hübscher und kluger Mann hat sich mit so einem Kokolores beschäftigt! Dafür gibt es nur zwei Erklärungen. Entweder er war grenzenlos selbstverliebt und hat alle öffentlichen Auftritte um ihretwillen geliebt, oder er brauchte Geld. Er lebte ja von der Schriftstellerei und hatte ansonsten keinen ordentlichen Beruf, wie man so schön sagt, um Geld zu verdienen. Und er liebte nicht nur die Ordnung und das geregelte Leben, sondern auch einen gewissen und durchaus luxuriösen Lebensstil, was man ja alleine schon am Hut erkennen kann."

Das hatte ich mir so überlegt, und es strömte aus meinem Mund, damit mein Mann mit den behaarten Ohren neben mir im Sand diese Gedanken auch hören konnte. Ich erinnerte mich weiter und mir fiel ein, dass der Dichter sein Haus an der Küste sehr geliebt haben musste, ebenso wie das Leben in der Stadt München. Thomo Manno hatte es geliebt, eine richtige Familie zu haben, genau wie es sich für eine erfolgreiche Kaufmannsbiografie gehörte. All das kostete viel Geld.

„Wenn man dieses Geld nicht geerbt hatte und ausschließlich Dichter war, war man in der Pflicht, immerzu tüchtig und vor allem gleichmäßig viel und gut zu dichten. Was für ein Stress muss das gewesen sein! Anstatt am Strand zu schmachten, musste er jeden Tag schreiben. Das kommt mir anstrengend vor."

Jetzt fiel mir auch wieder ein, dass Jewa uns noch mehr zu Thomo erzählt hatte. Dabei war es um ihre ganz eigenen Erlebnisse mit den Werken des Berühmten gegangen. Sie hatte nämlich kategorisch erklärt, dass sie die überlangen Sätze des Dichters sowieso niemals richtig verstanden hatte.

„Ich finde es sehr praktisch, wenn man manche Dinge gar nicht weiß oder sie nicht versteht. Dann schützt mein sein Gehirn vor weiteren Quälereien", schloss ich meine Grübeleien.

„Aha, und du kennst und verstehst Thomas Mann also? Wie gut!", sagte mein Mann. Das war mit Sicherheit ironisch gemeint. Für diese Äußerung hatte er es verdient, dass er eine Ladung Sand in die Haare bekam, obwohl ihm das mit Sicherheit nicht gefiel.

„Ja, ich weiß, dass ich mir immer zu viele und zu verrückte Gedanken mache", sagte ich. Aber glaubte ich das auch, oder wollte ich nur die Wogen glätten?

„Komm, wir gehen ins Meer!"

Nun waren wir endlich da angekommen, wohin wir eigentlich wollten. Nach tagelangen Fahrten und insgesamt fünf Grenzkontrollen durften wir endlich ins Wasser gehen. Es war Sommer, die Ostsee war erstaunlich warm. Die Wellen brachen sich mit Macht an der zuletzt steil aufsteigenden Küste. Selbst bei vorsichtigem Gehen kamen die Beine schnell aus der Balance. Das war ein großer Spaß! Wir badeten, wir badeten und wir badeten.

Es war wunderschön, es war einfach das Meer. Den Rückweg schafften wir noch irgendwie, es war weiter als gedacht. Nach dem Abendessen ging es nur noch ins Badezimmer und ins Bett. Die Augen fielen fast von alleine zu.

In der Zwischenzeit hatten sich unbemerkt zahllose feine Sandkörnchen des Nehrungsstrandes fest auf der Kopfhaut verankert. Einige saßen auch entschlossen zwischen den Zehen. Sie alle warteten geduldig mein Einschlafen ab, um sich dann zunächst langsam, im Laufe der Zeit aber immer schneller und zahlreicher wie Fallschirmspringer aus dem Mutterflugzeug bei Erreichen der entsprechenden Traumtiefe abzusetzen, was sie so lange fortsetzten, bis die Körnchendichte auf meinem Bettlaken eine entspannte Nachtruhe nicht mehr möglich machte. Überall piekte und knirschte es. Manchen der Körner gelang es, sich in meinen Mund voranzuarbeiten, was dann die Nachtruhe endgültig beendete. So wurde die Nacht zum Tag. Und damit begann der

4.Tag

Heute waren wir fest in Jewas Hand. Sie wollte dafür sorgen, dass uns der Kopf noch mehr schwirrte. Aber ich hatte ja auch ein schlechtes Gewissen, weil ich mich immer noch um das Ottoproblem kümmern musste. Nun hatten wir schon die Hälfte unserer Reise absolviert und ich hatte noch nichts erledigt. Da ich ja hellwach war, wegen der Körner nämlich, konnte ich mich ja auch schon einmal mit Otto beschäftigen.

Ich tat das ganz allein und wagte mich mutig in Gedanken näher an ihn heran. Oberflächlich betrachtet war mit Otto alles in Ordnung, er war einfach ein netter Kerl, ein liebenswerter Mensch, einer, der sich um die anderen kümmerte. Nett war natürlich auch die Entscheidung, mir sein Haus samt Mobiliar zu vermachen.

Ich hatte eben einfach eine ewige Neigung zum Nachfragen, zu einem gewissen Starrsinn, zu einer gewissen Skepsis, zu einem gewissen Misstrauen. Genau diese dauernde Tendenz zum Nachfragen brachte dann natürlich auch die Probleme an den Tag.

Ottos Haus hatte nämlich Geschichte. Es war natürlich nicht von Otto gebaut worden. Das war auch der Grund, weshalb es mir immer so unpassend für ihn erschienen war. Es passte nämlich wirklich nicht zu ihm. Ottos Haus hatte zuvor der Familie Doktor Levi gehört. Der Doktor hatte das Haus auch gebaut. Das alles hatte ich gemeinsam mit meinem Liebsten herausgefunden, weil diese Zweifel und diese Nachfragerei uns am Ende in das Katasteramt geführt hatten. Wir hatten auch einen alten Kaufvertrag von 1938 zwischen Ottos Vater und dem Doktor gefunden. Damit fingen die Probleme an.

Heute wollte Jewa uns die Gegend genauer zeigen, und sie wollte auch mit uns in eine alte Festung gehen, die nunmehr ein Museum geworden war.

„Labas rytas!", tönte Jewa munter.

„Wie kann man am frühen Morgen schon so unwahrscheinlich fröhlich sein?", fragten wir uns, ohne eine Antwort zu bekommen. Jewa hatte für diesen Ausflug auch Christian und den Bus aktiviert, denn wir würden nun weiter durch den litauischen Teil der Nehrung fahren, weiter Richtung Nordost.

Alles, was wir zuerst sahen, war ein Weg ohne Ende. Es ging durch einen Wald ohne Ende. Das hatten wir ja schon auf der Anreise kennengelernt und waren deshalb schon ein bisschen an diese Dinge gewöhnt. Wir wussten ja, dass rechts und links von uns nichts weiter war als wunderschönes, blaues, badefreundliches Wasser.

Jewa ließ uns an keine Onkel und an gar nichts denken, denn sie hatte so viele Botschaften mitzuteilen, dass wir ihr einfach zuhören mussten. Während der Fahrt erzählte sie uns bald schon die Geschichte von Neringa. Sie berichtete davor aber noch, dass die Menschen auf der Nehrung früher im Winter sehr wenig zu essen hatten. Im Sommer gab es ja Fische und auch Dinge aus dem Garten, bei Eis und Schnee aber war die Nahrungsbeschaffung schwierig gewesen. Wir erinnerten uns natürlich an die Geschichte von Rolfchen und verstanden sofort, dass das Wasser im Winter total zugefroren, in Eisplatten verwandelt war. So hatten die Bewohner der Nehrung in manchen Wintern so große Not gelitten, dass sie gezwungen waren, Krähen zu essen.

„Und zum Glück sind das keine Zugvögelein. Einmal liebe ich dic ja ganz besonders, und andererseits waren sie im Winter ja auch gar nicht auf der Nehrung vorhanden. Wer wohl mehr Hunger hatte: die Krähen oder die Menschen?", überlegte ich und versuchte, meinen Schatz zu einer Antwort zu bewegen.

„Still, es wird gerade ganz spannend."

Jewa erzählte, dass Neringa eine große, magische Frauengestalt gewesen sei, die auf der Nehrung Gutes bewirkt hatte und zwar für Mensch und die Region. Sie war nämlich diejenige, die in ihrer großen Schürze den Sand transportiert hatte mit dem die Nehrung aufgeschüttet worden war. So hatte die Nehrung ihre Existenz nur der Schürze und der Energie von Neringa zu verdanken.

„Das klingt sehr logisch!", beschloss ich.

Und weil Jewa gerade so gut in Schwung war, erzählte sie einfach weiter. So hörten wir:

Das Märchen von Espe

Es war einmal ein schöner Prinz. Er hieß Prinz Natter. Manchmal hatte er die Gestalt einer Schlange, einer Natter. Weil er aber ein Zauberprinz war, konnte er auch ein schöner Prinz sein. Er wohnte in einem wunderbaren Palast auf dem Grunde der Ostsee. Dieser Palast bestand ganz und gar aus Bernstein.

Es war Sommer, als Eglè mit ihren Schwestern im Meer, in der Ostsee badete. Nach dem Bad fand Eglè in ihren Kleidern eine Natter. Die konnte sprechen und sagte, dass sie die Sachen jetzt besetzt hätte. Eglè würde ihre Kleidung nur dann bekommen, wenn sie versprechen würde, die Natter zu heiraten. Eglè fand das verrückt und sagte zu, damit sie wieder an ihre Sachen kam. Die Schwestern gingen später wieder zu ihrem Elternhaus zurück. Eglè vergaß das verrückte Erlebnis. Eine Zeit danach kam plötzlich eine von Nattern gezogene Kutsche vor ihr Elternhaus, in dem sie ja lebte, gefahren und forderte, dass Eglè nun ihr Versprechen einhalten solle. Die war natürlich entsetzt und verzweifelt und erklärte ihren Eltern alles. Die Familie versteckte Eglè und setzte stattdessen eine schön geschmückte Gans in die Kutsche, die dann auch abfuhr. Die Kutsche fuhr mit der Gans durch den Wald und der Kuckuck rief laut:

„Ist nicht die rechte Braut! Ist nicht die rechte Braut!"

Die Kutsche kehrte daraufhin um und fuhr zurück. Die Nattern waren über den Betrugsversuch aufgebracht, ließen sich aber noch einmal mit einem anderen Tier in der Kutsche an der Nase herumführen, was allerdings auch aufflog. So kam es, wie es kommen musste.

Eglè selbst musste in der Kutsche Platz nehmen. Natürlich war ihre Familie verzweifelt und in großer Sorge, denn Eglè verschwand mit der Kutsche und wurde nicht wieder gesehen.

Die Kutsche aber fuhr mit Eglè in den Palast auf dem Grunde des Meeres. Mit der Atmung im Wasser hatte Eglè scheinbar keine Probleme. Aber halten wir uns nicht mit Bagatellen auf. Eglè also kam in den Palast und traf statt auf eine furchtbare Natter auf den wunderschönen, klugen und charmanten Prinzen Natter, in den sie sich sofort verliebte. Beide heirateten und lebten glücklich in dem Palast, in dem es Eglè an nichts fehlte. Sie bekamen Kinder, nämlich drei Söhne und ein Mädchen, das die zarte Espe war. Espe hatte die Tendenz, bei Aufregung zu zittern, war aber ansonsten ein wunderbares Kind.

Eglè hatte allerdings schreckliches Heimweh und bat Prinz Natter, der sie so sehr liebte, sie doch bitte einmal noch zu ihren Eltern reisen zu lassen. Natter war dagegen und stellte ihr drei unlösbare Aufgaben, die sie aber sämtlich bewältigte, so dass er am Ende doch in den Landaufenthalt einwilligte, denn er konnte seine Liebste nicht leiden sehen. Ja, so sind die Männer! Vielleicht fühlte er sich auch an sein Wort gebunden, wer weiß.

Sie durfte also 9 Tage zu ihrer Familie reisen und die Kinder mitnehmen, sollte dann an den Strand kommen und laut nach Natter mit seinem geheimen Namen rufen, damit er auch wüsste, dass sie es sei, die da rief. Wenn weißer Schaum erschiene, ginge es ihm gut. Roter Schaum bedeute, dass er tot sei. Er würde sie dann wieder in das wunderbare Bernsteinschloss, ihr Zuhause, mitnehmen.

Eglè wusste nun natürlich alles über Natter. Sie kannte seine wahre Prinzengestalt und auch seinen geheimen Namen, mit dem sie ihn rufen durfte, damit er erschien. Allerdings hatte jeder, der diesen Namen kannte, diese Macht über Natter. Da musste Eglè natürlich sehr vorsichtig mit ihrer geheimen Kenntnis umgehen.

Eglè und ihre Kinder waren bei der Familie an Land glücklich und froh. Natürlich wollten alle wissen, wo Eglè gewesen war. Sie wollten wissen, wer Prinz Natter war und wie man es schaffen konnte, Eglè und die Kinder an Land zu behalten. Eglè aber schwieg auf alle Fragen und sagte kein Wort, denn sie schützte ihren Schatz, ihren Mann, den Prinzen Natter. Dann begannen die Brüder von Eglè, die Kinder zu befragen, auszufragen. Dabei drohten sie und schreckten auch vor der Anwendung von Zwang und Gewalt nicht zurück Alle Kinder schwiegen aber eisern. Nur die kleine Espe, die immer so rasch zitterte, verriet am Ende alles. Sie verriet aus Angst den Namen ihres Vaters und auch, wo man ihn rufen konnte.

Nun war Natter natürlich in größter Gefahr. Eglè aber wusste nichts davon. Sie hatte noch eine Zeit zu bleiben. In dieser Zeit gingen ihre reizenden Brüder an den Strand, um nach Natter zu rufen. Der erschein dann auch als weißer Schaum und wurde von den Brüdern mit Sensen erschlagen.

Nach neun Tagen ging Eglè mit ihren Kindern an den Strand, um zu ihrem Liebsten zurückzukehren, wie sie es versprochen hatte. Sie rief den Namen wie vereinbart und es erschien: roter Schaum. Dazu ertönte aus den Tiefen des Meeres die Stimme ihres Mannes, der verriet, dass es Espe war, die den Brüdern seiner Frau alles verraten hatte und dass die Brüder ihn getötet hatten.

Eglè war bodenlos vor Schmerz und Leid. Sie verwandelte sich und ihre Kinder in Bäume.

Espe aber, die den Vater verraten hatte, zitterte auch als Baum noch weiter vor Angst und Entsetzen und tut das auch heute noch.

„Daher also zittert die Espe." Ich hatte es verstanden. „Das Märchen ist schön und schrecklich zugleich, oder?", überlegte ich.

Christian fuhr und fuhr weiter durch den Wald und im Wald, Jewa erzählte und erzählte. So merkten wir, wie lang die Nehrung war.

Nun waren wir schon hinter dem litauischen Schlagbaum des Naturschutzgebietes angekommen. Mit großem Stolz wies Jewa uns auf die Akazienbäume hin, die nunmehr als Allee die Straße säumten.

„Die Akazien sind wunderschöne, seltene Bäume, die auf der Nehrung sehr gut wachsen", erklärte Jewa und hob an, mehr über die Bäume zu sprechen. Ich aber war in Gedanken noch an das Märchen von Espe anhängig und hatte Gesprächsbedarf.

„Was will uns die Geschichte von Espe sagen, was meinst du?", fragte nun auch mein Liebster, dem es ähnlich zu gehen schien wie mir.

„Wie man unter Wasser lebt?", wagte ich zu sagen.

„Nein, ich meine man sieht, dass man Kindern keine Geheimnisse anvertrauen darf. Sie sind damit überfordert."

„Oder", überlegte der Kluge, „man erfährt, dass Verrat eine sehr schmerzhafte Sache ist. Schuld ist doch die Mutter selbst, die zu ihren Eltern drängte, obwohl sie wusste, wie riskant das war. Der kleinen Espe wollen wir doch sicher keine Schuld an der Sache geben, oder? Auch hat ja die Eglè schreckliche Brüder, reine Mörder sind das. Was denkst du zu der Sache?"

„Hmm, nun muss ich also auch was Schlaues sagen. Ich finde, dass die Menschen ja ganz schön überheblich mit

Natter sind. Sie sind so von sich überzeugt, dass es am Ende alles kaputtmacht. Das Märchen hat so was Konservierendes an sich. Es könnte doch heißen, dass man sich auf die Naturgewalten verlassen und sie nicht herausfordern oder gar zu betrügen versuchen soll. Gegen die uralten Regeln der Natur soll man nicht verstoßen, sondern sie annehmen und sich ihnen fügen. Man soll sein Schicksal annehmen und die guten Dinge darin sehen, die Natur wird es dann schon richten."

„Ob das stimmt?", überlegte mein Schatz.

Wir sagten nichts mehr und hingen unseren Gedanken nach.

„Was heißt das nun übertragen auf unser Otto-Problem?", fragte ich laut.

„Heißt das, wir sollen nichts hinterfragen und das Erbe annehmen, so, wie es sich uns präsentiert?"

Das war natürlich ein einfacher und verlockender Gedanke. „Warum aber ist Natter selbst verzaubert, ein Gestaltwechsler? Klingt doch so, als wäre er eigentlich ein Prinz, der aus irgendwelchen Gründen meist als Natter rumschwimmen muss. Wahrscheinlich hatte er irgendeinen Mist gemacht. Darf man denn als Verzauberter, der solche Probleme mit dem Gestaltwandel am Hals hat, überhaupt eine menschliche Frau nehmen? Muss man nicht erstmal seine eigenen Sachen klären? Und darf man sich eine Frau erpressen, die einen gar nicht kennt? Ich finde, dass Natter ein Teil des Problems ist, und sein machohaftes, patriarchalisches Getue erst hätte bearbeiten müssen, bevor er daran denkt, sich eine Frau zu suchen."

„Meinst du?"

Wir erkannten, dass die Geschichte wie alles, mit dem man sich länger befasst, viele Schichten und viele Wahrheiten in sich trug.

„Jetzt verstehe ich das Wort Geschichte erst richtig. Es hat was mit den Schichten zu tun, die darin stecken. Das ist doch klar", war ich plötzlich überzeugt.

Jewa war es, die uns aus diesen Grübeleien abholte. Wir waren nämlich nun an der alten Feste angekommen, deren Geschichte natürlich auch schon wieder von allem was hatte.

Jewa fing an zu erklären, wir stiegen aus, die Sonne brannte und in meinem Kopf blieb von allem gar nichts übrig.

„Militärgeschichte ist nicht so meins", versuchte ich noch zu erklären.

Die Feste war fest und mächtig wie alle Festen der Welt von allen Erbauern aus allen Ländern überall gleich gebaut worden waren. So jedenfalls kam es mir vor. Kurz, meine Begeisterung hielt sich in Grenzen. Diese Feste aber war nun ein naturkundliches Museum mit zum Teil lebenden Ausstellungsobjekten geworden, die vielmehr lebende Ausstellungssubjekte waren.

„Bitte gehen sie in die Feste und besehen sie ganz besonders die wunderbaren Pingwinen und Seehunde", ermunterte uns Jewa.

Tatsächlich, in dem Festungsgraben lebten die wunderbaren Pinguine. Wir sahen sie gleich und ich war sehr glücklich, denn sie gefielen mir sehr gut. Vor dem Seehundbecken konnte man frische, tote Fische kaufen, um die Meeressäuger damit zu füttern. Natürlich machten wir das sofort und überwiegend.

Das Gefühl, die kalt-glitschigen Fische den Tieren hinzuwerfen, war vernunftmäßig betrachtet eher wenig reizvoll, zumal etwas von dem Fischgeruch natürlich auf den Werfer oder die Werferin abfärbte, das ließ sich nicht vermeiden. Gefühlsmäßig aber war diese Fischfütterung eines der größten Erlebnisse dieser erlebnisreichen Reise für mich. Der Moment, als das Tier den eben noch in meiner Hand (igitt) ruhenden Fisch verzehrte, den ich nur kurz durch die Luft geworfen hatte, war unübertrefflich. Es entstand durch die Luft praktisch ein Band zwischen dem Tier und mir, das in mir die feste Überzeugung einer niemals dagewesenen Nähe und Zuneigung erzeugte, die mich völlig überwältigte.

„Es war so großartig!"

Das sagte ich meinem Schatz, als ich endlich wieder Zeit zum Sprechen fand.

Der versuchte sich gleich an Erklärungen und suchte Beispiele aus der Literatur.

„Schon im kleinen Prinzen steht: Man muss sich miteinander vertraut machen."

„Aber steht da nicht auch, dass man Verantwortung hat für das, was man sich vertraut gemacht hat?", wagte ich skeptisch einzuwerfen.

„Soll ich die Seehunde jetzt doch besser mitnehmen, denn ich habe ja durch das Füttern Vertrautheit hergestellt und damit Verantwortung für sie übernommen, was meinst du?"

Mein Schatz überlegte sehr ernst.

„Nein, sofort mitnehmen geht nicht. Aber vielleicht könnten wir in der Nacht wiederkommen und die Seehunde heimlich freilassen. Wie findest du die Idee?"

„Mein Bauch sagt, dass das nicht so gut ist. Ich weiß die Verantwortung gut in den Händen von Jewas Mitbürgern aufgehoben, die einen sehr ordentlichen Eindruck machen."

„Du glaubst ihnen also, du vertraust ihnen also, ohne sie zu kennen."

Mittlerweile diskutierten wir über meine Verantwortung für die Seehunde in einem sehr exklusiven Raum, der uns mit einem Ruck von der Bedienung genommen wurde. Zu diesem Zeitpunkt konnte man die Hitze tatsächlich ohne zu übertreiben erbarmungslos nennen. Wir hatten uns nämlich in dem Outdoor-Restaurantbereich der Feste einen Platz mit Sonnenschirm erobert. Leider mussten wir aber feststellen, dass der Schirm unverrückbar zum gleichfalls unverrückbaren Tisch stand und so seinen Schatten den Bodenfliesen spendete, aber leider nicht uns. Um dieses schreckliche und auch lebensbedrohliche Problem zu lösen hatten wir nach und nach den Schirm während unserer Seehunddiskussionen immer weiter zusammengeklappt, bis wir endlich unter seinem Schatten angekommen waren. Das war zwar günstig, aber nun saßen wir wie die Kaninchen in ihrem Bau unter dem Stoff des zusammengeklappten Sonnenschirms. Das war unserer Bedienung offensichtlich nicht geheuer.

Es machte „Zack" und der Schirm war wieder wie er sein musste, und wir saßen in der gleißenden Sonne. Nun waren wir zufrieden, denn wir hatten erkannt, dass man so jemandem wie uns, der einfach Sonnenschirme zusammenklappte mit Sicherheit keinen Seehund anvertrauen konnte. Wir atmeten auf und durften ohne Verantwortung für die Tiere die Feste verlassen, um endlich wieder in unseren vollklimatisierten Bus einzusteigen.

Christian war kühn an allen Halteverbotsschildern vorbeigefahren und sammelte uns Ermattete ein. Er hatte verstanden, wie es um uns bestellt war.

Die Litauer hatten großen Spaß daran, hier mit allen möglichen Modellen von Pferdekutschen zwischen dem Parkplatz und der Feste im Sonnenschein hin und her zu pendeln. Unsere Kutsche war Christians Bus.

Auf der Rückfahrt bemerkten wir, dass uns Willi heute fehlte. Er war ein gebürtiger Nehrunger. War das die männliche Form von Neringa? Normalerweise ließ Willi keinen Ausflug aus.

„Wo ist Willi?", fragte ich meinen Mann. „Fehlt ihm was? Er ist doch nicht etwa krank?"

„Nein, nein!", sagte mein allwissender Mann. Und siehe da, das Flüchtlingskind beherrschte doch ein wenich den ächten ostpreußischen Zungenschlach.

„Er sah beim Frühstück schon bisschen traurig aus und ich hab ihn gefragt, ob er heute mitkommt. ‚Nee, das jeht nich', hat er gesagt. ‚Einjesperrte Tiere, das is nichts für mich.'"

„Siehst du, er denkt wie wir. Am Ende könnten wir doch noch mit Willi gemeinsam die Sache mit der Seehundbefreiung in Angriff nehmen."

Und langsam senkte sich die nimmermüde Sonne. Wieder war ein Tag vergangen und wir hatten dank Jewa, Christian und unserm Bus so viel gesehen und erlebt.

„Aber das wollten wir doch gar nicht! Wir wollten Ferien machen, Urlaub. Wir wollten faulenzen und in der Sonne braten. Morgen machen wir nix, und das steht fest!"

So also klang unsere letzte gemeinsame Verlautbarung, die außer uns niemanden interessierte. Aber wir waren der Meinung, dass man doch immer einen Plan im Leben haben muss, und unserer stand also unerschütterlich fest. So kann der Bericht beginnen, der über den

5. Tag geht.

Es muss nicht berichtet werden, wie wunderbar das Wetter beim Erwachen schon wieder war. Nicht die freundlich kitzelnden Strahlen der Sonne, sondern der misslungene Versuch, sich ein wenig anzukuscheln vertrieb den Rest der Nachtruhe.

„Liebster, du riechst gerade so, als wärest du augenblicklich einer Ritterrüstung entstiegen."

Ein intensives Abschnuppern ergab, dass tatsächlich ein Eisengeruch an meinem Schatz haftete. Es konnte nur das eisenhaltige Leitungswasser sein, das diesen mittelalterlichen Eindruck erzeugte, oder woher sollte der Geruch sonst kommen? Mein kluger Mann wusste natürlich die Antwort.

„Es handelt sich um ein gesundheitspolitisch wichtiges therapeutisches Instrument. Hier wird nämlich ein progressiver therapeutischer Anspruch durchgesetzt. In Litauen wird das Leitungswasser einfach ganz stark mit Eisen versetzt. Man ist seiner Zeit weit voraus. Denn so und nur so kann dem chronischen Eisenmangel der Frauen entgegengearbeitet werden. Ich bin dafür. Bei uns diskutiert man noch, ob man Fluorid in das Trinkwasser gibt, hier ist die Vereisenung, die Ferrifizierung des Leitungswassers Realität."

„Sehr schön!", sagte ich in ernstem Ton. Glauben tat ich das aber nicht.

„Ich will aber an den Strand und zwar schnell."

„Es heißt nicht: Ich will an den Strand", kritisierte mein Mann. „Der vornehme Mensch sagt: Mich gelüstet es nach dem Bade. Denke bitte an das hochgeistige Kulturgut des Thomo Manno, das wir hier in gewisser Weise repräsentieren."

Es ist in diesem Zusammenhang natürlich klar, wie stilistisch ungeschickt es ist, alle neuen Absätze mit dem Wörtchen

„es" beginnen zu lassen. Das ist nicht nur ungeschickt, sondern sogar einfallslos und unterbricht den freien Fluss der Gedanken, die auf diese Weise nicht so üppig ranken, sondern eher anfangen zu wanken. Es ist aber dennoch besser, alle Absätze mit dem oben beschreibenden bezeichneten Füllwort zu beginnen, als der Gefahr zu unterliegen, der verschleiernden Vorsilbe „ver" zu ver–fallen.

Nun muss gesagt werden, dass wir natürlich während der ganzen Reise viel, sehr viel gegessen hatten. Es gab an jedem Tag ein warmes Abendessen und ein leckeres Frühstück. Wegen der Intensität der sonstigen Erlebnisse ist die Schilderung dieser wichtigen Nahrungsaufnahmesituationen jedoch bisher zu kurz gekommen. Um dieses Defizit auszugleichen, wollen wir uns jetzt dem Frühstücksbuffet widmen.

Nach dem Aufstehen gingen wir also zunächst an das Frühstücksbuffet. Dort mussten wir an diesem Tag zu unserem Entsetzen bemerken, dass die Gartenarbeiten in Schneidemühl beendet worden waren und dass die quirlige Reisegruppe von dort, oder waren es Doppelgänger dieser Gruppe, jetzt auch hier tätig geworden war.

Durch die gärtnerischen Arbeiten war die Gruppe sehr ausgemergelt und ausgezehrt und deshalb mussten sie die angebotenen Speisen sofort und im Stehen am Buffet verschlingen, oder alternativ hohe Türme von Speisen auf an sich schon großen Tellern mit sich führen.

„Wir dürfen diesen Leidenden nicht noch die letzten Reste wegessen."

Das entschieden wir solidarisch und dachten uns, ja, wir erinnerten uns, dass auf dem Weg zum Strand in lustig bunten Holzhäuschen kleine Cafés auf uns warteten.

Wir gingen also alsbald mit unserer Badetasche los, durch den Wald in Richtung auf das Meer, entlang an Blaubeerbüschen und Birken, zwischen luftigen Kiefern. Wir spürten ihn auch dort, den Wind, dem es gelang, die Macht der Sonne beständig kleinzureden. Immerzu wehte er aus Nordost. Jetzt überquerten wir noch die Straße, um auf der gegenüberliegenden Seite das letzte sandige Wegstück zum Strand zu passieren.

Dort zur Linken standen die kleinen Holzhäuschen, die in frischen Farben leuchteten und ganz unterschiedliche Dienstleistungen anboten. Teils handelte es sich um Verkaufshäuschen für Speisen, teils für Zeitungen. Mehr als eines lockte mit Gartentischen, die im Schatten der hier riesigen Kiefern auch ohne Sonnenschirme auskamen. Die Tische standen hinter lustig-kleinen, schiefen Holzzäunen, damit die Gäste auch wussten, wo sie sich mit ihren Speisewünschen niederlassen durften.

Bevor ich aber im vom gastronomisch versierten Ehemann auserkorenen Lokal: „Hier können Familien Kaffee trinken" einen schönen Platz erwählte, musste ich noch die Verlockungen des gegenüberliegenden Verkaufsangebotes erforschen.

Dort nämlich befand sich ein aus Holz gezimmerter Stand, der mehrere Meter lang war und unter einem Dach mehreren Anbietern Platz bot.

Hinter dem hölzernen Tresen stand auf diese Art ein buntes Völkchen, auf Kundschaft wartend. Die angebotenen Waren waren auf das Vorteilhafteste drapiert. Der Verkaufstresen bog sich ob der Fülle des Angebotes. Es handelte sich um grüne und rotbackige Äpfel, Pflaumen und andere Früchte des Sommers in Hülle und Fülle. Die Schönheiten des Standes aber waren ohne jeden Zweifel die Kirschen. Da gab es kleine dunkelrote, große, pralle weinrote, hellrote und dann die, die ich noch niemals zuvor sah. Es waren Kirschen, große, kräftige Früchte in den Farben gelb-grünlich-rosé. Für mich sahen sie aus wie unreife Früchte, waren das aber augenscheinlich nicht, denn sie wurden ja verkauft. Meine skeptischen Blicke wurden von den Verkäufern sofort erkannt und so durfte ich von diesen Kirschen kosten. Sie waren natürlich wunderbar süß.

Der Verkauf erfolgte in der überschaubaren Einheit „Marmeladenglas", was die Qual der Wahl natürlich nicht vereinfachte. Es war die Qual der Wahl zwischen den Früchten und zusätzlich zwischen den Verkäufern. Ich kaufte am Ende jedem etwas ab, was natürlich dauerte.

Ohne jeden Zweifel war das für den Hungrigen schon wieder zu lange gewesen. Männer müssen den Tag nämlich mit einer richtigen Speise beginnen, und Obst allein zählt da gar nicht. Das hatte ich im Laufe unserer Ehe schon gelernt.

Er hatte sich also gegenüber schon an einen der bunten Tische gesetzt, und sogar die Karte hielt er schon in seinen Händen. Immer, wenn ich mich nach ihm umsah, las er in der Karte. Es schien eines der interessantesten Werke der Literatur zu sein. Mit meinen Einkäufen ausgestattet trat ich auf ihn zu, setzte mich und sagte:

„Hast du schon fertig bestellt?" Das leider hatte nicht geschehen können, denn von der Speiskarte verstand er nichts. Er hatte alles versucht, um das Angebot zu entziffern, war aber immer ratloser geworden. Es gab ein Angebot auf der Karte und es gab Preise dazu, aber nur die Preise waren zu verstehen.

„Schau mal her, vielleicht kannst du damit etwas anfangen!", wünschte er sich. Wir versuchten es mit gegenseitigem Vorlesen, in der Hoffnung, dann dem Angebotenen etwas zuordnen zu können.

„Wir müssen die Worte auf der Speisekarte mit den uns bekannten Sprachbruchstücken vergleichen, dann werden wir alles verstehen", gab mein Mann optimistisch zu bedenken.

„Aber wir kennen keine slawische Sprache, nicht mal russisch. Wir kennen nur dieses westliche und mediterrane Zeugs. Damit kommen wir hier mit Sicherheit nicht weiter", gab ich zu bedenken.

Mein Mann korrigierte mich dahingehend, dass ich litauisch und russisch nicht unter einen Hut zerren dürfte.

„Litauisch ist eine der baltischen Sprachen und bedient sich, wie du siehst, den lateinischen Buchstaben in der Schriftform. Russisch ist zwar auch eine indogermanische Sprache, aber gehört zu den slawischen Sprachen und bedient sich des kyrillischen Alphabets."

„Das weiß ich selbst, du Schlaumeier. Sag mir lieber auf indogermanisch, wie wir hier was bestellen können. Ich bin hungrig."

Allerdings fiel mir ein, dass ich ein internationales Kochbuch besaß, in dem Blinis angepriesen wurden, die ich zwar niemals aß, die aber auf den Fotos irgendwie eine Ähnlichkeit mit Pfannkuchen hatten. Das teilte ich mit, wir suchten erneut und fanden tatsächlich solche oder ähnlich klingende Worte in der Karte. Dann wurde es noch besser, denn wir erinnerten uns an Jewas hilfreiche Erklärungen. Sie hatte nämlich etwas von Cepelinai erzählt. Das sollte eine litauische Spezialität sein, die irgendetwas mit Klößen gemein hatte.

Auch das fand sich in der Karte.

Als unsere freundliche Kellnerin kam, bestellten wir diese, uns vermeintlich bekannten Dinge und waren erschöpft, aber froh. Der Hunger hatte sich etwas gebessert, denn nun hatte unser Körper damit begonnen, eigene Fettreserven abzubauen, was uns im Grunde nur guttat.

Die Dame verschwand mit unseren für die Tageszeit vermutlich ungewöhnlichen Speisewüschen nur, um mit einem Zettel und einem Bleistift zurückzukehren.

Beides gab sie uns mit sehr bedeutungsvollem Gesicht. Verstehen taten wir nichts.

Noch während wir die bald angelieferten Blynai und Cepelinai versuchten, erscheinen laufend weitere, von uns nicht bestellte Speisen auf dem Tisch, und zwar in einer Kette ohne Ende.

Wir begannen zu verstehen, dass wir deutsche Bezeichnungen für die dargebotenen Speisen auf dem Zettel eintragen sollten.

Schnell wurde das zu einem lustigen Spiel. Wir teilten die Zettel so oft, bis wir immer einen zu der jeweils vorgestellten Speise legen konnten.

Bei manchen Speisen war das einfach, bei anderen eine echte Herausforderung. Wir gerieten in schwere Konflikte.

So lag eine dünne, feste, geräucherte Wurst auf einem Teller vor uns. Sie hatte einen Naturdarm. Von Inhalt und Geschmack wussten wir nichts, aber sollten dieses Objekt sicher benennen. Neben uns stand unsere Bedienung, nun schon unterstützt durch ihre Freundin. Beide lächelten uns aufmunternd zu.

„Das hier ist eine typische Dauerwurst", sagte mein erfahrener Ehemann in selbstsicherem, ja beinahe selbstgefälligem Ton.

„Dauerwurst? Hast du das schon mal auf einer Speisekarte gelesen? Das bestellt doch keiner, zumindest niemand aus Deutschland. Es muss irgendwie ansprechender klingen. Wir wär's denn mit Kochwurst oder Kohlwurst?"

„Ich bin für Hartwurst."

Nun war das ein wirklicher Pioniermoment. Wir hatten die Macht der Definition. Alle, die nach uns hier essen würden, würden sich an unseren Namensgebungen orientieren müssen. Und wenn die Gastronomen voneinander abschreiben würden, was immerhin möglich war, so bestimmten wir in diesem Moment das Schicksal der litauischen Speisekarten, der litauischen Tourismusgastronomie mit Auswirkungen auf das gesamte 21. Jahrhundert.

In einem schwierigen, ernsten und aufwühlenden Prozess legten wir die Namen der Speisen fest, oft mit einem Fragezeichen dahinter. Alle hatten sehr viel Spaß in der Sache, am Ende war das ganze Team unsers Strandlokals beteiligt. Dann kam noch dazu, dass wir auch immer wieder ermuntert wurden, die Speisen zu probieren, was wir kaum ablehnen konnten, so dass wir am Ende moppelig voll waren, als wir dann doch noch den Strand erreichten, wo die Sonne uns schon ungeduldig erwartete.

Ottos Vater hatte das Haus 1938 von Doktor Levi gekauft. Wir hatten in mehr oder weniger mühevoller Arbeit versucht, zu recherchieren, wie es sich zu dieser Zeit verhalten hatte, wie es sich für Doktor Levi und seine Familie verhalten hatte.

„Soll ich dir sagen, was ich so herausgefunden habe?"

Natürlich sollte ich und bemühte mich bei herrlichster Sonne, angenehm kühlendem Wind und der stetigen Brandung über dieses furchtbare und verrückte Kapitel zu berichten. Wer weiß, vielleicht hatten auch die Levis dereinst einmal Urlaub hier in Nidden gemacht. Angesichts der bereits gesicherten Vielzahl von Besuchern war das am Ende gar nicht so abwegig.

Nun sollte es aber um die historischen Zusammenhänge, die zeitlichen Abläufe gehen und da war großer Ernst erforderlich, denn es sollte sehr traurig werden. Während der Lektüre hatte ich eine möglichst ahnungslose Perspektive versucht einzunehmen, denn die Kenntnisse über alle Schrecken entfalten sich ja besonders aus dem Rückblick. Das hatte sich ergeben: Die wirklichen Ziele des menschenverachtenden Systems und die Wege dahin, die entschlossene Absicht, alle Juden zu töten, war nach außen im Laufe der Zeit erst nach und nach in ihrer ganzen Brutalität deutlich geworden.

Dann, nach 1933, als Hitler Reichskanzler geworden war, gab es Verordnungen, Bestimmungen und Gesetze, die nach und nach die Möglichkeiten der jüdischen Bevölkerung immer mehr einschränkten. Es war wie eine Falle, wie ein Fangsystem, das sich langsam um die Menschen schloss, bis es zu spät war, um zu entkommen. Das betraf also natürlich auch die Möglichkeiten, als Arzt seinen Beruf auszuüben. Bald durfte ein jüdischer Arzt nur noch Juden behandeln. Juden durften nur noch bestimmte Dinge besitzen. Jüdisches Eigentum wurde bald zu Spottpreisen verkauft. Nach Ausbruch des Krieges im Jahre 1939 waren dann für Juden die Möglichkeiten, das Land zu verlassen beendet. Als Meilenstein für die am Ende ausweglose Eskalation stand die „Reichskristallnacht" im Jahre 1938, in der jüdisches Eigentum für vogelfrei erklärt worden war und damit der Zerstörung anheimfiel.

Für die Juden, die in Deutschland lebten, war es schwer, die Entwicklung vorherzubestimmen, schwer, eine persönliche Grenze zu ziehen, zumal diese Grenze nichts anderes als die Emigration unter Hintanlassung aller Dinge und Werte bedeuten konnte. Viele standen in der Notwendigkeit, sich selbst zu beantworten, ob es sich ihrer Einschätzung nach nur um eine verrückte, aber vorübergehende Zeitströmung handelte, die man einfach aussitzen musste, wie schon so oft, um bessere Zeiten abzuwarten. Was von den Übergriffen, den Sanktionen aber war Ausdruck einer sich anbahnenden Katastrophe? Rollte hier Vernichtung an? Konnte es so etwas überhaupt geben? Wie oft hatten mein Schatz und ich uns schon bei großen Belastungen und Sorgen gesagt, dass das vorübergehend sei, dass es sich bessern würde. Aber diese deutsche Krankheit besserte sich nicht. Hier war es nicht damit getan, sich eine neue Stelle oder eine bessere Wohnung zu suchen. Nein, es ging um alles oder nichts. Entweder man verhökerte Hab und Gut für einen Appel und ein Ei, um noch zu entkommen, oder man setzte darauf, dass alles zu einem guten Ende kommen würde, eher früher als später.

Familie Levi gehörte zur ersten Gruppe, zu denen, die alles aufgaben und noch entkamen. Ihnen war es gelungen, ihr Eigentum zu verscherbeln und am Ende Deutschland zu verlassen. Sie hatten immerhin ihr Leben retten können. Ihr Haus hatten sie zum Spottpreis verkaufen müssen, ihre Möbel hatten sie auch nicht mitnehmen können. Ich hatte viel zu dem Thema gelesen, und ein Satz stand mir noch im Hinterkopf. Der Satz, den ich erst jetzt meinem Liebsten gestand, lautete:

„Einen gutgläubigen Erwerb jüdischen Eigentums konnte es zu Zeiten des Nationalsozialismus nicht geben."

Meine bisherigen Studien unterstützen diesen Gedanken in jeder Hinsicht. Wer ein bisschen nachdachte, wer die Propaganda der Zeit kannte, der musste wissen, woher damals all die schönen Sachen, all die Möbel kamen, die man so einfach und so günstig erwerben konnte. Das hatte ich erkannt, aber es machte unsere Entscheidung nicht einfacher, sondern immer schwieriger, immer schrecklicher.

„Glaubst du, dass dann auch die alten Sachen, die schönen Antiquitäten im Haus auch von Familie Levi stammen?"

Natürlich glaubte ich das. Familie Levi hatte ihr Haus nicht wirklich verkauft, sondern alles zurückgelassen, war geflüchtet. Es war eine Flucht unter Zurücklassung aller Werte gewesen. Nun musste ich an Rolfchen denken, der alles, sogar sein Leben hatte lassen müssen.

„Glaubst du, dass Otto das alles nicht gewusst hat?"

„Also, wenn ich nur einmal in die öffentliche Leihbücherei gehen muss, um diese Dinge zu begreifen, dann ist die Antwort auf deine Frage völlig klar. Natürlich hat Otto das gewusst, er hat alles gewusst und er hat damit gelebt. Er hat sogar in der festen Überzeugung gelebt, dass er etwas zu vererben hat."

„So ist es eben, wenn wir schon mal was erben, dann ist sogar das noch ein Problem."

Mein Mann hatte recht, er hatte meistens recht. Das Erbe von Otto war eine einzige Last. Ich konnte mich nicht daran erinnern, dass Otto jemals über die Herkunft des Hauses gesprochen hatte.

„Du musst bitte bedenken, dass ja nicht Otto das Haus gekauft hatte, sondern es war sein Vater gewesen."

Natürlich gingen die Fragen damit immer weiter. Wie war es zum Ankauf des Hauses gekommen? Warum hatte Ottos Vater damals ausgerechnet dieses Haus bekommen? War er etwa besonders mit dem System der Nazis liiert gewesen, war er darin eine besonders exponierte Person mit besonderen

Rechten gewesen, oder war es so, dass die Familie Levi den Verkauf an Ottos Vater selber betrieben hatte?

Diese zuletzt gedachte Möglichkeit klang ein wenig entlastend, aber sehr unwahrscheinlich. Sie klang ein bisschen nach Entschuldigung.

Es war aber damit klar, dass trotz aller möglichen weiteren Schrecken an genau dieser Stelle weiter und dringend gefragt werden musste. Ich musste schon zugeben, dass ich mich zuerst über das Erbe dieses wunderschönen Hauses sehr gefreut hatte. Diese Freude war völlig verschwunden. Das ganze Haus wurde immer schwieriger und anstrengender, allein die Gedanken daran fraßen mich zunehmend auf. Das Haus war kein Erbe, es war schon gar kein Geschenk, sondern es war eine Verpflichtung, es war eine Aufgabe und eine unangenehme noch dazu.

Wir lagen gemeinsam auf dem großen Handtuch am Strand, als mein Gemahl mich fragte:

„Kennst du die Geschichte vom Räuber Hotzenplotz?"

„Nicht mehr so richtig, das muss ich gestehen. Es ist kein Werk von Thomo, oder? Berichte bitte."

„Die Geschichte ist von Otfried Preußler, wenn ich nicht irre. Ich erinnere mich an den Besuch des Weihnachtsmärchens. Damals hatte ich das große Glück, ziemlich weit vorne zu sitzen. Hotzenplotz war ein frecher und eigentlich dummer Kerl, der nur durch seine Dreistigkeit immer wieder Angst machte. Eine Szene ist mir noch bestens in Erinnerung. Es galt, ein Geheimnis zu ergründen. Vor das Geheimnis war eine Tür gestellt. Auf der Tür stand „Geheim! Öffnen streng verboten!" Die Tür aber musste geöffnet werden, denn sonst ging es mit der Geschichte nicht voran. Der Kasperl wendete sich an das Publikum und damit an mich in der 1. Reihe und fragte: „Soll ich die Tür öffnen?"

„Was hast du gemacht?"

„Ich war in einem sehr großen Konflikt, denn ich wusste, dass man ja nichts Verbotenes tun darf. Aber ich wusste auch, dass die Tür unbedingt geöffnet werden musste. So rief ich:

„Ja!" und auf mein Kommando, denn so kam es mir vor, öffnete die Figur auf der Bühne, ich weiß nicht mal mehr, wer es war, die Tür und brach das Verbot."

„Und was geschah dann?"

„Eine weitere Tür war zu sehen. Auf ihr stand: „Sehr geheim! Öffnen allerstrengstens verboten! Öffnen allerstrengstens verboten!"

Wieder gab es das Spiel von Frage und Antwort und wieder wurde die Tür gegen das Verbot geöffnet.

Danach gab es ein Schild mit der Androhung noch größerer Strafen und manche Kinder im Publikum begannen schon zu lachen. Aber ich fand es immer anstrengender, denn fortwährend musste hier gegen Verbote verstoßen werden, mit ungewissem Ausgang. Was es am Ende zu finden gab, erinnere ich nicht mehr, nur, dass es total richtig gewesen war, gegen alle Verbote verstoßen zu haben."

„Warum erzählst du mir das?"

„Ich weiß noch, dass ich nach dem Theaterbesuch total verwirrt war, weil das Stück mir etwas beigebracht hatte, das mir zuvor von meinen Eltern als gänzlich falsch und abwegig erklärt worden war. Ich hatte gegen ein Verbot verstoßen und das war richtig gewesen."

„Also meinst du, dass es auch verboten ist, nach dem Otto-Levi-Haus zu fragen? Zu fragen, wie es in den Besitz der Familie, in den Besitz von Ottos Vater gekommen ist und was aus der Familie Levi geworden ist?"

„Scheinbar ja."

„Demnach bist du der Meinung, wir sollten da trotzdem weitermachen, auch gegen das Verbot?"

„Ja."

„Was werden wir finden?"

„Vielleicht werden wir etwas Entsetzliches finden. Vielleicht werden wir etwas finden, an das wir uns später nicht mal mehr erinnern können, weil es so banal war. Aber da ist etwas. Es ist zu finden."

„Hauptsache, wir haben gesucht. Wir werden suchen."

Eine weitere Klärung war jetzt nicht mehr erforderlich. Wir wussten endlich, was zu tun war. Eine Erfrischung würde uns nun guttun. Wie gut, dass das wunderbare Meer so nah war!

Am Nachmittag musste unbedingt ein Café aufgesucht werden. Dazu nahmen wir die erbauliche Wanderung quer über die Nehrung von der Meer- zur Haffseite auf uns. Natürlich waren die Elche am Nachmittag noch nicht so aktiv wie zu anderen Tageszeiten, vermutlich. Das wurde von uns als Grund akzeptiert, weshalb sie diesmal wie auch alle anderen Male nicht zu erspähen gewesen waren. Vom Strand ging es an den Verkaufshäuschen vorbei, von wo aus uns fröhlich zugewunken wurde.

„Hier gibt es auch Kaffee", meinte mein Liebster.

Das war zwar richtig, ich wollte aber nun auch den Ort, das berühmte Nidden selbst inspizieren, ohne Jewa und Thomo. Es ging vorbei am Hotel und in den Ort hinein.

Da ja Männer bekanntlich immer hungrig sind, versuchte mein Mann von Kaffee und Kuchen auf warme Speisen umzubuchen.

„Wie wäre es mit einem ostpreußisch-litauischen Mittagessen?"

„Hör zu, wir hatten zum Frühstück schon Pfannkuchen und Klöße, da müssen wir uns ein wenig zurückhalten, sonst werden wir zu fett."

„Ich meinte ja nur", raunte mein Schatz.

Nun waren wir im Ort angekommen und bummelten vorbei an den bunten, alten Holzhäuschen mit ihren schmucken Giebeln und den schönen Schnitzereien. Wir staunten über den Mut der Leute, so viele bunte Farben zu vermalen. Wir beobachteten eine Katze, die in der warmen Mittagssonne ihren Weg zu einem gut besonnten Plätzchen suchte.

„Da gehen wir hinterher!", beschloss mein Mann.

Das erfahrene Tier führte uns, ja wirklich, sie blickte sich hier und da nach uns um, ob wir ihr noch folgten, eine holzhäuschenumbaute Straße entlang in Richtung auf die große Düne. Dort fanden wir uns bald vor einem schattigen Restaurant mit einem romantischen Garten wieder, der von Tischen und Stühlen aus Holz auf das freundlichste bestanden war. Hierhin war auch die Katze gewandert, hatte sich auf einer der Fensterbänke niedergelassen, schleckte sich die Pfoten und blickte uns zufrieden in die Augen.

„Wo Katzen wohnen, lass dich ruhig nieder", lernte ich von meinem Mann. Es wohnten aber nicht nur Katzen in dem Restaurant-Haus, sondern ein Schwalbenpaar hatte hier unter dem Dach gebrütet und sich den großen, schattenspendenden Baum des Gartens, es war natürlich ein Kirschbaum, mit seinen nun schon flügge gewordenen Kindern für Start- und Landeübungen ausgesucht.

„Bald reisen sie ab wie wir." Das war mir herausgerutscht, denn es war die Wahrheit. Im gleichen Moment bemerkte ich, wie sehr mir die Nehrung und der Ort Nidden ans Herz gewachsen waren. Es war so leicht hier, so sonnig, so wunderschön zwischen Haff und Meer zu schlendern.

„Es könnte sein, dass ich hier glücklich bin. Hier und jetzt mit dir. Könnten wir nicht ganz und gar hierbleiben, bei den Seehunden und den Schwalben, den Katzen und Jewas Landsleuten und bei Rolfchen natürlich? Mir wäre danach. Ich will nicht zurück", so sprach ich aus tiefster Seele, die einen schweren Klotz zu tragen hatte.

„Sei nicht traurig", sagte mein Schatz. „Die Schwalben kommen in jedem Jahr zurück, vielleicht tun wir das ja auch. Lass uns mal erstmal hier sitzen und einen Kaffee bestellen."

Das taten wir, halb in der Sonne und halb im Schatten sitzend. Und wir erinnerten uns an Thomo, der nun schon unser

Freund geworden war. Jewa hatte es gesagt: Auch er verbrachte den Nachmittag frei, ohne zu dichten und zu schreiben, und das taten nun auch wir.

Wir konnten hier ganz einfach bestellen, denn die Inhaberin dieses Lokals verstand uns sofort. Sie sprach deutsch und sie verstand deutsch. Als wir unsere Bestellung aufgaben, wanderte gerade der Pastor vorbei, der anhielt und freundlich auf uns zutrat.

„Wie ich höre, sprechen sie deutsch. Ich möchte ihnen sagen, dass wir hier immer wieder einen Gottesdienst in deutscher Sprache halten. Sie sind dazu herzlich willkommen. Unsere Kirche liegt gleich dort am Berg."

Wir bedankten uns höflich, mussten aber leider feststellen, dass wir beim nächsten Gottesdienst schon nicht mehr in Nidden sein würden.

Nachdem diese Konversation abgeschlossen war, erschien schon unsere Wirtin mit dem Kaffee und zwei Stückchen besten, selbstgemachten Kirschkuchens. Sie blieb an unserem Tisch stehen und begann einen Monolog im schönsten Ostpreußisch. Es war kein Gespräch, es gab keine Chance zu Fragen und auch keine Pause in ihren Ausführungen.

„Schon früher habe ich hier gewohnt in dieses Haus mit Garten von meinen Eltern. Schon als es war litauisch, dann deutsch, egal. Aber als die Russen kamen, da sind alle gegangen, alle. Meine Eltern und ich sind geblieben. War keine leichte Zeit für uns, das können sie glauben. Meine Schwester ist nach Würzburg gegangen, kennen sie das? Ich habe sie zweimal besucht. War nicht leicht das. Bin immer zurückgekommen. Haben mich nur allein reisen lassen, die Russen. Ist doch klar, wenn man sagt, wie gut es ist im Westen, dann darf man nie wieder los. Ist doch klar, das wollen die nicht hören. Waren andere da, die haben geschwärmt von den Medikamenten. Wenn das die Russen gehört haben, dann war Schluss, kann man sich doch denken. Ich hab nie was gesagt, ich hab geschwiegen. Musst immer gut vorsichtig sein, mit was du sagst, dann geht es schon. Die sollten gar nicht so genau wissen, dass wir deutsch sind, mein Mann und ich. Sogar Lehrer ist er geworden. Jetzt ist viel besser geworden hier, aber sind immer noch viel Russen. Da muss man vorsichtig sein, was man sagt, die sind empfindlich. Im Winter ist hier kalt und einsam, aber ich gehe nicht weg. Kommen sie nochmal her? Sommer ist hier sehr schön. Schmeckt ihnen mein Kuchen?"

Von einer Sekunde auf die andere schloss sich das Gesicht unserer Wirtin. Es war fast zu hören, wie sich eine Klappe schloss. Was war geschehen? War jemand vorbeigekommen, der sie hatte deutsch sprechen hören? Ihr Gesicht war verschlossen wie ihr Mund, und sie hatte einen ganz distanzierten Blick, so als hätte sie nie auch nur ein Wort an uns gerichtet. Ich musste an Orakel denken, die etwas sagten und dann, wenn ihr Orakelspruch fertig war, verstummten, auch auf Nachfrage nicht antworteten. Und plötzlich fiel mir Frau Liskis wieder ein. Es war doch ganz ähnlich gewesen, als sie berichtete, als sie in der Osternacht von Rolfchen berichtet hatte.

Das hier war nämlich kein Gespräch gewesen. Es war so wenig ein Gespräch wie das, was Frau Liskis gesagt hatte. Es war eine alte Botschaft, eine Nachricht, die in das Gehirn wie in eine Schallplatte gebrannt worden war. Es war eine Nachricht, die so, wie sie war immer wieder und wieder aufgerufen werden konnte. Der Vortrag war immer gleich, er war immer in allen Worten und allen Betonungen gleich.

„Kommen sie, wir beten für ihren Sohn."

Es handelte sich nämlich tatsächlich um nichts anderes als um einen alten, einen sehr mächtigen und eingefrorenen Schrei. Der Schrei saß fest in den Seelen der Sprecherinnen verankert, unveränderlich festgeschraubt. Nun hatten mich schon zwei dieser schrecklichen Schreie erreicht.

Unsere Wirtin hatte nicht nur alles überlebt, sondern sie war nach dem Krieg auf der Nehrung eingesperrt gewesen.

Die ganze Gegend war Sperrgebiet gewesen, dessen Betreten nur mit einer Sondergenehmigung erlaubt gewesen war. Wer hier wohnte, der war unter Beobachtung, der saß fest, eingesperrt und abgesperrt.

Wir aber waren nicht eingesperrt und freuten uns an dem Kaffee, dem Kuchen und an der Freiheit der Wege und der Gedanken, der Sonne und der Wärme, die sich zum Abend hin sacht neigte, an diesem Tag, der nun den Beginn des 6. Tages einläutete.

6. Tag

Nun endlich hatte ich das Vertrauen gefunden, dass es nicht Schaden nehmen würde, mein Lieblingskleid. Ich war nämlich sehr vorsichtig damit. Also war die Tatsache, dass ich es aus dem Koffer holte, wirklich bedeutungsvoll. Es war das blaue Kleid mit den riesengroßen Blumen drauf. Das Kleid war nicht nur schön, sondern auch sehr leicht und damit für die wieder zuverlässig scheinende Sonne wie gemacht. Überhaupt trugen die Frauen hier in Litauen die allerschönsten Sommerkleider, die ich je gesehen hatte. Alle wirkten wie perfekt angepasste Einzelstücke, wie extra für diesen Sommer angefertigt, wie in aufwändigen Prozeduren von den Trägerinnen selbst gemacht.

Auch unsere Jewa war an diesem Tag munter, wach und sehr gut und sommerlich gekleidet.

„Labas rytas! Heute machen wir gemeinsam einen Ausflug. Es wird der letzte von Ihrer Reise sein. Also genießen sie ihn!"

Wir nahmen uns fest vor, einfach alles zu genießen. „Wie macht man das am besten?", fragte ich meinen Schatz.

„Viel Kaffee trinken und alle eingesperrten Tiere befreien", empfahl er.

Alles fing wie immer mit dem Weg über die Nehrung an: Aber heute wollten wir etwas anderes sehen, etwas Neues, etwas, das jenseits der Nehrung lag.

Christian fuhr in seinem schicksten Hemd und mit seiner hochmodernen Sonnenbrille gekonnt und nicht zu langsam.

„Heute will ich etwas über die Geschichte von Litauen erzählen", begann Jewa.

So erfuhren wir, wie schwer auch für die Litauer die wechselvolle Geschichte der Gegend gewesen war. Jewa begann mit Statistiken, wir kannten das ja schon von Tatjana, über die Verteilung der Bevölkerung, die Gruppen der Nationalitäten in Litauen und dies und das, wobei ich sofort weghörte und mir lieber nochmal die wunderschönen Akazien ansah. Jewas Stoff war mir einfach zu trocken. Wir erfuhren, wie die Litauer unter der deutschen Administration zu leiden hatten, als das Memelland deutsch war. Dann folgten lange Erklärungen über die geschichtlichen Verhältnisse des Memellandes, insbesondere im 20. Jahrhundert. Ich versuchte, sehr aufmerksam zuzuhören, verstand aber bald nichts mehr.

„Die Gegend hat ihre Staatszugehörigkeit aber oft gewechselt", sagte ich leis zu meinem Schatz.

„Und war sogar unter französischer Aufsicht", meinte er.

„Das habe ich gar nicht verstanden."

„Jetzt ist es hier litauisch."

Jedenfalls sagte Jewa, dass es den Memelländern unter den Deutschen verboten gewesen sei, ihre eigene, die litauische Sprache zu sprechen. Die Sprache sei damit dann auch nicht mehr gelehrt worden.

Und sie erzählte, wie schwer es während des 2. Weltkrieges gewesen sei, als Hitler sich Litauen im Handstreich einverleibt hatte.

Dann berichtete sie natürlich auch von der Eroberung durch russische Truppen.

„Habt ihr schon etwas von den Wolfskindern gehört?", fragte sie.

Die anderen in unserem Bus murmelten etwas Zustimmendes, das wir nicht genauer verstehen konnten.

„Ich weiß nicht, was das ist", bekannte ich und wurde auch gleich aufgeklärt.

Wolfskinder, so erfuhren wir dann, waren deutsche Kinder, die das Kriegsende 1945 ohne ihre Eltern überlebt hatten. Was mit den Eltern geschehen war, war unklar. Entweder sie waren gestorben, die Väter waren in Kriegsgefangenschaft geraten, die Mütter waren verschleppt oder anders von ihren Kindern getrennt worden, so dass die Kinder allein in der Gegend zurückgeblieben waren. Sie vagabundierten verlassen, hilflos und hungernd im Gebiet zwischen dem jetzigen Litauen und dem, was die Oblast Kaliningrad werden würde, herum.

„In Litauen hießen sie vokietukai, das sind: ‚Kleine Deutsche‘“.

Einige Kinder waren dann von litauischen Familien aufgenommen worden, andere waren in Heimen aufgewachsen. Wer ihre Eltern waren, blieb unbekannt. Unbekannt waren zum Teil auch ihre Namen oder die Geburtsdaten der Kinder.

„Es war eine furchtbare Zeit, in der alle Menschen große Not und große Ungerechtigkeiten ertragen mussten. Manche überlebten das nicht.“

Jetzt berichtete Jewa aus der Stalinzeit.

„Es war die Zeit, als Stalin Alleinherrscher in der Sowjetunion war. Ganze Dörfer wurden damals ohne Warnung komplett nach Sibirien umgesiedelt oder besser verschleppt. Es gab keine Erklärungen, und eine Perspektive auf eine Rückkehr gab es erst recht nicht.“

In den alten, weiten Senken, der Niederung der Memel, dort, wo nach dem Abschmelzen des Schnees in jedem Frühjahr große Überschwemmungen erfolgten, seien dann ohne jede Rücksicht und ohne erkennbaren vernünftigen Plan projektierte, zentrale Ortschaften errichtet worden, in die viele Verbliebene zwangsumgesiedelt worden seien. Das ganze Land sei entprivatisiert und die alten Friedhöfe seien zerstört worden.

„An einem Tag sind 90000 Litauer nach Russland verschleppt worden.“

Nun machte unsere Jewa einen mutigen Zeitsprung und kam auf das zu sprechen, was sich in der jüngeren Vergangenheit zugetragen hatte. Es habe einen zunehmenden

Widerstand der Litauer gegen die Russen gegeben, schon zu Zeiten von Gorbatschow.

„Wir sind ja nur ein kleines Volk und wenig Leute, wenn man da an Russland denkt, aber wir wollten unbedingt wieder unser Land zurück. Das war nicht so einfach, denn wir hatten natürlich immer große Angst davor, dass unsere Schritte nicht in die Unabhängigkeit, sondern in noch mehr Kontrolle und militärische Intervention führen würden. Das war eine schwierige Sache. Wir hatten Angst vor Eskalation, aber auch den Mut, etwas ändern zu wollen."

Die Menschen aus Litauen, auch die aus den anderen Baltischen Staaten, die damals noch Unionsrepubliken der Sowjetunion gewesen waren, hätten sich immer wieder versammelt in jener Zeit. Man hätte sich in großer Zahl auf öffentlichen Plätzen getroffen.

„Und was haben sie da gemacht? Mit Flüstertüten Parolen gerufen?", fragte sich mein Schatz.

„Na, das ging alles nicht. Denk an Prag, den Prager Frühling. Komm, lass uns zuhören."

Und so erfuhren wir, dass die Leute sich trafen, um zu singen, um ihre Lieder in litauischer Sprache zu singen. Allein das war auch verboten gewesen. Es waren ja auch Lieder, die litauische Lebensumstände und Geschichten priesen, nicht die des Sowjetstaates oder der russischen Revolution. Jedenfalls sangen überall die Leute laut und inbrünstig und vermutlich auch nicht sehr versiert, was die Gesangskunst anging. Aber das war egal. Nun sah Jewa sehr stolz und bedeutend aus, als sie sagte:

„Wir hatten die singende Revolution."

Mir fiel es wie Schuppen von den Augen. „Daher diese wunderbare Sprachmelodie! Das Singen liegt allen Litauern im Blut, auch weil es ihre Form ist, in schwierigen Zeiten ihren Zusammenhalt zu bezeugen. Und schwierige und gefährliche Zeiten gab es hier ja genug."

„Ehrlich, ich habe den Eindruck, dass es hier immer schwierig und gefährlich war. Immer war eine andere Gruppe, eine andere Nationalität betroffen, aber betroffen war fast immer eine. Und dann ging es gleich zur Sache", meinte mein Mann.

„Ja, das scheint mir auch so. Nur als Thomo Manno hier war, da scheint es mir eine bessere Phase gewesen zu sein, oder?"

Aber schon während ich diese Frage formulierte, versuchte ich mir die politischen Verhältnisse zur damaligen Zeit auf der Nehrung nochmal zu vergegenwärtigen. Es war nach dem ersten und vor dem zweiten Weltkrieg. Alles verschwamm in meinem Kopf. Wozu hatte die Gegend da gehört? Ich hatte es schon wieder vergessen.

„Ich meine, die Geschichte hier kommt mir vor, wie die von Schleswig-Holstein."

„Wie meinst du das?", fragte mein Schatz.

„Da gab es einen britischen Politiker, der hat zur schleswig-holsteinischen Geschichte gesagt, dass es insgesamt nur drei Menschen gegeben habe, die sie verstanden hatten. Einer sei tot, einer sei wahnsinnig geworden und einer hätte es einmal verstanden, hätte aber die Hälfte wieder vergessen."

„Kann es sein, dass die Geschichte von Schleswig-Holstein nicht so blutrünstig für die Bürger war, wie die der Nehrung?" meinte mein Mann und sofort glaubte ich, dass es so war.

Jewa war in ihrem Bericht schon weiter, zum Glück mit dem Busmikrophon, denn wir hatten leise, aber im Grunde dazwischen gequatscht.

Sie berichtete über die Ereignisse im Januar 1991, als sowjetische Panzer nach Litauen eingerollt waren, das zwischenzeitlich seine Unabhängigkeit erklärt hatte. Die Panzer kamen nach Vilnius. Dort sollten Parlament und Fernsehturm besetzt werden, um die Stimmen der Litauer zum Verstummen zu bringen. Ohne Waffen versuchten die Litauer, die Panzer zu stoppen. 14 von ihnen wurden getötet. Es kam zu einer schweren Konfrontation. Der Panzeraktion misslang. Danach gab es ein Referendum, in dem über 90% der Bürger für ein unabhängiges Litauen stimmten.

Nun hatten wir die Nehrung verlassen, den Schlagbaum passiert. Jetzt ging es auf die andere Seite des Haffs, dorthin, wo die Memel in das Haff einmündet und sich ein schönes Delta erlaubt. Das war die Gegend, von der Jewa schon berichtet hatte, dass es dort im Frühjahr immer wieder zu Überschwemmungen kam, insbesondere, wenn die Entwässerungsgräben nicht dauernd gepflegt worden waren.

„Das Memeldelta ist eine ganz besonders schützenswerte Gegend, wo es wunderbare und seltene Tiere gibt, ein ökologisches Gebiet, das einmalig ist in Europa."

So, dahin fuhren wir also jetzt. Die Gegend war weit, flach und wirkte auf mich von oben, von meiner Busspähposition aus sehr urtümlich. Christian war nicht allein mit uns auf den schmalen Straßen unterwegs. Plötzlich tauchte eine Familie auf, die auf einem hölzernen Pferdewagen saß und sich von ihrem Pferd herumfahren ließ. Diese Menschen sahen sehr frei und froh aus. Ich wollte nichts mehr über verschleppte Menschen und verschlammte Gräben hören, ich wollte auf das Fuhrwerk umsteigen und dem Gesang der litauischen Sprache zuhören.

Fast, als hätte Jewa meine Unzufriedenheit verstanden, sagte sie:

„Nun erreichen wir gleich unser Ziel. Es ist die Windenburger Ecke." Das gefiel mir besser. Der Kopf hatte etwas Neues zu tun. „Windenburger Ecke", das klang nach wirbeligem, frischem Wind, nach einer burgbestandenen Ecke.

„Was sollen wir denn da tun, an dieser Ecke?", fragte mein Mann. Er wirkte lustlos und schon vom Schaukeln des Busses willenlos gemacht.

„In der Windenburger Ecke haben wir schon seit langer Zeit, schon aus der alten Zeit den Leuchtturm und die Vogelberingungsstation. Es ist ein Stück vom Memeldelta." Das war Jewas Erklärung. Und so war es auch. Es war ein Fleckchen, ein Eckchen am Haff, das wie eine kecke Nase in das Wasser hineinragte.

„Was sollen wir hier?", fragte mein Schatz.

„Sieh mal die riesigen Fischernetze, die Reusen, die hier zum Trocknen stehen. Es muss viel Fisch im Haff geben", sagte ich und trat mutig auf die Netze zu.

„Das sind keine Fischernetze. Das sind Vogelfangnetze", wusste mein kluger Mann zu sagen, und natürlich hatte er recht. Der Leuchtturm war einer von vielen Leuchttürmen. Der würde bestimmt rasch dem Netz der Erinnerung entwischen, so überlegte ich. Aber diese Netze hier, das war wirklich etwas Besonderes, sehr besonders war das.

Bei genauerer Betrachtung zeigte sich das meterhohe Netzsystem sehr durchdacht. Es war so, dass es von dem sehr großen Netz in das etwas kleinere Netz ging, dann in immer kleinere Netze, bis der Vogel sich dann in einem sehr engen Netz gefangen fand. Es kam mir wie ein Reusensystem für Vögel vor.

So groß hatte ich mir die Vogelfangnetze nicht vorgestellt.

„Hoffentlich passiert den Vögelein darin nichts!", fürchtete ich.

Im Augenwinkel erkannte ich, dass unser Zugvogel Christian nun selbst gefangen war. Er stand da und war unübersehbar tief verstrickt in ein Gespräch mit dem Fahrer eines Kleinbusses mit litauischem Kennzeichen. Natürlich fragte ich Christian später dazu aus.

„Wer hat dich denn so lange im Gespräch festgehalten?"

„Das war ein alter Bekannter, ein Kollege aus Deutschland. Er organisiert nun Reisen hier in Litauen. Zuletzt hatten wir uns in Sagres am Atlantik, in Portugal getroffen, da hatte er mit Litauen noch gar nichts zu tun."

„So ist das mit den Zugvögeln, mal sind sie hier, mal dort", sagte ich, während Jewa auf uns zukam.

Bei den Netzen und dem Leuchtturm gab es natürlich auch ein Gebäude für die Vogelfänger, das auch ein Museum oder eine Ausstellung beinhalten sollte. Jewa war es durch hartnäckiges Klingeln gelungen, den Vogelfänger, oder war er ein Vogelwärter, zu wecken. Sie habe ihn nicht nur geweckt, sondern auch zusätzlich überreden können, uns die Station zu zeigen.

„In 10 Minuten, bitte sehr!"

„Muss das sein, ich bin so hungrig", sagte mein Schatz.

„Dass Männer immerzu essen müssen! Da ist aber auch keine Veränderung möglich. Schon meine Oma hat sich darüber beschwert. Vermutlich ist das die reine Genetik. Du schaffst das noch! Halte durch!", versuchte ich den Hungrigen zu bändigen.

„Zehn Minuten schaffst du noch. Jetzt werden erst die Vögelein beguckt, dann sehen wir weiter."

Der Löwe grummelte erstmal, wie es sich für ein Raubtier gehört, wegen der Ehre allein schon, aber er war doch ein Lieber, der brav die Vögelein besehen würde, obwohl es ihn sicher nicht sehr interessierte, aus Gründen der Liebe eben. So gehörte es sich.

„Grummeln gehört einfach dazu", sagte ich. „Bevor ein Löwe durch den Feuerreifen springt und damit der Dompteurin nachgibt. Das ist allein schon wegen der Löwenehre unvermeidlich."

Aber der Vogelwärter war auch ein Mann und damit automatisch dem Löwentum verpflichtet. Auch er konnte der Dompteurin Jewa nicht ohne Grummeln nachgeben. Er ließ uns in der beißenden Sonne warten, warten und warten, bevor die unscheinbare Tür sich auftat, um ihn auszuspeien.

Er hatte die Grenzen unserer Geduld auf die Minute taxiert und erschien just, als wir nun doch lieber mit Christians gekühlter Vakuumbox weiterfahren wollten.

Aus der Tür entstieg ein alter Mann von kleiner Gestalt. Er wirkte zeitlos. Vielleicht war schon mehr als 500 Jahre alt, oder gerade 60, das war nicht klar.

Sein Gesicht wurde im Wesentlichen von einer dicken Knollennase eingenommen, der die Aufmerksamkeit des Betrachters nur noch durch die Mütze geraubt wurde, die er auf seinem Kopf gelagert hatte. Dieses Teil war reich an Stoffmasse und in seiner Grundform nicht mehr bestimmbar. Einzig ein eng am Schädel anliegendes Band hielt die ganze Konstruktion zusammen, und auch so, dass sie nicht in das Gesicht und damit in Richtung auf die Nase rutschen konnte.

Trotz des gebückten Ganges wohnte diesem Mann eine augenfällige Lebendigkeit inne. Sie entstand durch die unfassbare Schnelligkeit des kleinen Körpers, die im Kontrast zu dem sonstigen Erscheinungsbild überraschte. Es war, als steckte in dem Körper eine unerhörte Energie, die nicht nur an den Bewegungen abzulesen war, sondern auch in den Augen steckte. Die beiden Augen, geschickt zwischen Mütze und Nase versteckt, sprühten Glut und Feuer. Sie ruhten nicht. Klein, aber ungeheuer listig waren sie ständig mit dem Abtasten jedes Details der Umgebung befasst. Da wir diese Umgebung waren, fühlte ich mich wie in einem Ganzkörperscanner. Zum Glück standen wir in der hinteren Reihe, so dass das Abtasten allein deshalb begrenzt war.

Leise sagte mein Mann zu mir: „Was macht der hier? Ein Luchs zwischen den Vögelein. Hoffentlich tut er ihnen nichts."

„Wahrscheinlich hat er eine andere Nahrung."

„Wir werden sehen."

Eine deutliche Skepsis hatte sich bei uns ausgebreitet. Warum sollte diese Vogelfängerei unsere Zustimmung finden? Wir waren gegen eingesperrte Tiere.

Nun fing der Luchs an, etwas zu sagen. Natürlich war auch seine Sprache höchst speziell. Zunächst hörten wir nur ein schnelles Gemurmel und Gebrabbel, unartikuliert, aber doch mit großer Leidenschaft vorgetragen, die aus dem von uns ja schon erkannten Energiekern kommen musste, der irgendwo in seinem Brustkorb steckte. Erst bei längerem Zuhören stellte sich heraus, dass er ein von einem starken Akzent überlagertes, schlecht artikuliertes Deutsch sprach.

„Wir müssen uns auf den Luchs einstellen, nicht er sich auf uns", flüsterte ich, und mein Mann nickte.

Nun wurden wir in das Gebäude gelotst und fanden uns in einem Raum mit ausgestopften Vögeln wieder, die in Vitrinen standen. Dort sollte vermutlich die einheimische Vogelwelt abgebildet werden, so wie sie auch uns bekannt war. Der Luchs hatte großen Spaß daran, die Gruppe zu examinieren und die unübersehbaren Defizite herauszukehren.

Ich besah noch den toten und ausgestopften Kiebitz und die ebenso tote Waldohreule, da musste ich es auch laut sagen.

„Einjesperrte Tiere an sich sind nichts für mich, ausjestopfte erst recht nicht."

Der Luchs fing an, mir Sorgen zu bereiten. „Dürfen wir die lebenden Vögelein diesem Raubtier überlassen?", fragte ich in das behaarte Ohr meines Guten.

Der Luchs führte uns tiefer in seinen Bau. Es gab mehr Vitrinen und Erklärungen dazu. Durch das System der Beringung, so erfuhren wir, konnte man Erkenntnisse über den Vogelzug erlangen.

„Sowohl hat man Vögel beringt in Windenburger Ecke und Nachricht bekommen über ihren Verbleib, wie auch umgekehrt beringte Vögelein in Windenburger Ecke gefunden und gesehen, von wo sie sind gekommen. Da wird dann Nachricht geschickt an Beringungsstation, wie auch wir bekommen Nachricht, wo sind unsere Vögelein hingeflogen."

Der Luchs rückte seine Mütze zurecht, denn nun wollte er etwas Wichtiges sagen, das war unübersehbar.

„Einmal ich fand Vogel mit Ring, wo stand ‚DDR'. Da habe ich gedacht: ‚Aha, Vogel ist Kommunist.'"

Je länger wir durch den Luchsbau wanderten, desto mehr entdeckten wir um uns herum. Die Namen der Vögel waren an Schildchen abzulesen. Die ursprünglich in kyrillischen Buchstaben geschriebenen Schildchen waren sämtlich fein säuberlich überklebt worden, allerdings so, dass noch die ursprüngliche Beschriftung zu ahnen, teils zu lesen war, denn sie schimmerte durch. Die neuen Schildchen zeigten die Namen der Vögel in lateinischen Buchstaben und in deutscher Sprache.

„Stellen sie sich vor, was Vögelein schaffen. Zum Beispiel dieses hier: Wiegt nur 5 Gramm und findet Weg von Nehrung nach Sambia im Süden von Afrika."

„Er liebt sie. Wir müssen uns keine Sorgen machen", erkannte ich aufatmend.

„Aber warum ist er ein Luchs?" Das verstand ich nun nicht mehr.

„Vielleicht brauchte er das alles: List, Klugheit und Schnelligkeit, um die Vögelein zu beschützen und auch sich selbst, wer weiß. Sicher steckt wieder eine sehr spezielle Geschichte in unserem Luchs, in unserem klugen und zuverlässigen Luchs."

Nun hatten wir alles verstanden und fuhren mit Christian weiter. Die Sonne lachte, die Straßen wurden immer staubiger und enger. Wir hatten schon gelernt, dass Schäden am Bus auf Christians Prämie gingen. So wurde er immer nervöser und nervöser. Wo wir waren, wusste jetzt nur noch unsere Jewa, vielleicht. Ein Teil von Christians Unruhe ging auch auf die Tatsache, dass wir nun auf dem Weg zu einem Schiff waren, das uns weitertransportieren sollte, und zwar über das Haff. Christian sollte mit dem Bus alleine zurückfahren, ohne die ortskundige Jewa, die uns begleiten würde.

Christian landete mit uns in der flachen Landschaft unvermutet an einer kleinen Siedlungsstelle. Es gab ein oder zwei kleine Wohnhäuser direkt am Ufer eines sehr breiten Flusses. Am anderen Ufer lagen zwei weitere Häuser. Alle standen ohne erkennbaren Bezug zu der pistenartigen Straße, so dass klar wurde: Ihre Straße war der Fluss.

Und wirklich, hier in dieser Einöde, weit weg von allem lag ein Schiff für uns bereit. Es war mehr ein Schiffchen, vielleicht sogar ein Boot. Mir fielen die Geschichten von den Fischern ein, die im Haff ertrunken und mit ihren Booten versunken waren. Nein! Das Wetter war so schön, dieses Boot war so erprobt, dass ich mir solche Ängste streng verbot.

Ganz superschnell fanden wir uns auf dem Boot wieder und untersuchten zuerst die neue Aussicht.

„Wie weit und flach das Land ist!"

Auf den Wiesen wurde gerade Heu gemacht. Die Sensation im Land war der breite, zuverlässig sich wälzende, selbstbewusste Fluss. Am Ufer wuchsen teils sehr hohe Pflanzen, die sich sichtlich wohlfühlten. Immer wieder sah ich Blüten der gelben Iris.

„Dies ist die Sumpf-Schwertlilie", wusste Jewa zu berichten. „Sie wächst in dieser Gegend sehr häufig und liebt das Wasser sehr."

„Wie gefällt dir die Perestroika?", fragte mein Schatz frech, denn er meinte unser Schiff.

„Psst", sagte ich, „du musst besser aufpassen und keinen gefährlichen Unsinn reden. Ich hab nämlich hingesehen und kann dir sagen, dass unser Dampfer ‚Baltas Perlas' heißt."

Die Baltas Perlas fühlte sich wegen der Aufmerksamkeit und besonderen Würdigung ihres Namens geschmeichelt und tuckerte zufrieden mit ihrem Dieselmotor unter dem Ausstoß bedeutender Rauchwolken.

Nun versanken wir in dem zuverlässigen Geräusch des Motors und dem sachten Rauschen der Bugwelle. Ich genoss dieses Konzert, das mich endlich eingefangen hatte, und so gelangte ich in einen süß-saugenden Trancezustand, der von einem Traum nicht mehr weit entfernt war. Nur das Weghuschen einiger Wasservögel machte mich wieder wacher, und dann das Rufen und Winken einer Gruppe Badender, die es sich auf einem Stück Sandstrand gemütlich gemacht hatten.

„Dies ist das Paradies. Wir sind angekommen", war ich überzeugt.

Der Fluss fühlte sich geschmeichelt, mochte uns offensichtlich und hatte weitere Mäander zu bieten, wie, um uns den Aufenthalt noch zu verlängern. Wir kamen einerseits voran, hatten aber auch den Eindruck, immer mehr in den Fluss gezogen zu werden, was uns sehr, sehr gut gefiel. Die Wasserfläche wurde nun noch breiter. Auf den Uferwiesen war eine Storchenfamilie mit Start- und Landeübungen beschäftigt.

Hinter der nächsten Biege war jetzt die Flussmündung in das Haff zu sehen. An dieser Stelle hatte sich wieder feiner, weiß-gelber Sand gesammelt und in absoluter Einsamkeit und Stille einen perfekten Ort der Entspannung für zwei Menschen geschaffen, die nicht anders als schwimmend hierher gelangt sein mussten. Sie winkten uns zu.

Als wir nun den in Wiesen und Schwertlilien eingebetteten und beschützten Fluss verlassen hatten, wurde die Wasserfläche sofort weit, sehr weit, unendlich weit und unsere Baltas Perlas von den Windböen eingeholt. Auch die Wasseroberfläche wurde vom Wind bearbeitet, so dass kräftiger werdende Wellen gegen den Rumpf unseres Bötchens anarbeiteten. Das Ufer hinter uns wurde kleiner und kleiner, aber von der jenseitigen Küste war noch nichts zu sehen, außer dem leuchtenden Weiß der zuverlässig wandernden Düne der Nehrung.

„Ganz schön groß, das Haff", sagte ich zu meinem Schatz, als sich das Tuckern des Motors irgendwie änderte. Aber vielleicht bildete ich mir das auch nur ein. Nein, das hier war nicht normal. Es war nicht mehr das selbstbewusste, kräftige Motorengeräusch unseres tapferen Schiffes, sondern ein oberflächliches Leerlaufgeräusch, das uns alsbald zum Spielball der Wellen würde werden lassen.

Der Matrose unseres Schiffes erschien und verschwand schnell in den Tiefen, im Bauch der Baltas Perlas. Mir wurde kalt.

Das Schiffchen drehte sich und begann zu schaukeln.

„Die kriegen das hin", versuchte mein Mann mich zu beruhigen. Natürlich hatte er die Wahrheit gesprochen. Schon sehr, sehr bald war der Motor wieder zu alter Kraft zurückgekehrt und schob uns in die Fahrtrichtung zurück. Wir kamen natürlich gut, allerdings etwas steifgefroren am jenseitigen Ufer an. Nun hatten wir Nidden von der Haffseite erreicht und waren so zu mit allen Wassern gewaschenen Nehrungstouristen geworden. Denn auch der große Thomo und meine Schwiegereltern waren ja auf diese Weise angereist. Ja, sie waren von Cranzbeek aus unter Land gefahren, wir allerdings kamen quer über das Haff. Aber das wollten wir nicht zu eng sehen.

„Meinst du, dass sie am Ende auch mit der Baltas Perlas gereist waren? Sie ist doch ein sehr zuverlässiges, kühnes Schiff.", überlegte mein Schatz.

„Der Dichterfürst hat sicher sehr vornehm und ein wenig steif an Bord gesessen. Wie hat er nur seinen Hut festgehalten?"

„Deine Eltern haben natürlich küssend irgendwo in einer Ecke gesessen und beinahe das Aussteigen versäumt", fiel mir ein.

„Ich brauche dringend einen heißen Kaffee", stellte ich fest. Damit trieb ich meinen Schatz erneut in ein Café.

„Was hat dir heute am besten gefallen?", fragte er später mit leiser Stimme wegen der Wände des Hotelzimmers.

„Mir haben am besten die Vögelein gefallen", sagte ich entschlossen und sicher.

„Aber es waren doch gar keine Vögel da!"

„Das ist es doch gerade. Sie sind eigentlich an keinem festen Ort, sondern ziehen immer genau dorthin, wo sie am

116

besten leben können. Das habe ich heute über die Zugvögel gelernt. Wir müssen nicht traurig sein, wenn sie wegziehen, denn sie tun es für sich, und es ist richtig und gut für sie. Sie fühlen sich wohl, da wo sie sind. Sind sie Afrikaner oder Europäer? Sie sind frei. Wenn der Winter zu hart ist, da wo sie gerade sind, dann ziehen sie davon, klagen nicht. Sie nehmen sich die schönen Seiten der Erde und schaffen es, so zu überleben. Sie leben mit den Standvögeln der Gegenden, in denen sie gerade sind, friedlich zusammen. Sie sind frei, akzeptieren die Welt wie sie ist und sind froh und munter dabei." So sprach ich und sprach sehr lang, zu lang. Dennoch hatte mein Schatz zugehört und antwortete sogar:

„Außerdem haben sie es geschafft, trotz der wechselnden Geschichte in sturster Hartnäckigkeit Jahr für Jahr den Weg durch diese Gegend zu finden und an ihren Zielen festzuhalten."

Konnte das eine Art Schlussstatement sein, denn am Folgetag würden wir zurückreisen? Wie bekannt war ja das Packen keiner unserer starken Seiten. Und so begann der

7. Tag

frühmorgens mit dem Kofferpacken. Natürlich wollte Christian sehr, sehr früh starten, denn wir hatten ja vier Grenzkontrollen vor uns, und natürlich war uns das viel zu früh, wie immer. Allerdings konnten wir uns auf diese Art vor dem Abschiedsschmerz drücken und saßen, halb schlafend noch, fix und fertig mit gepackten Sachen im Bus.

„Jetzt kommen alle Kontrollen nochmal rückwärts", sagte mein Schatz. Allerdings wussten wir, dass am Ende alles immer noch ganz anders sein könnte als erwartet. Was sollte uns schon passieren?

Wir fuhren ab, und Christian führte der kleinen Gruppe, die anderen fuhren mit einem Fremdbus zum Flughafen zurück, den neuesten Schick der Technik vor, den wir bisher noch nicht erlebt hatten. War es, damit wir den Abschiedsschmerz nicht so stark verspüren sollten? Es gab in dem Bus nämlich die Möglichkeit, Filme zu zeigen, die Christian dann auf ausklappbaren Bildschirmen unter der Decke im Gang des Busses präsentierte. Diese Dinger hatten wir zuvor noch gar nicht bemerkt und waren natürlich sehr beeindruckt. Christian hatte exklusiv für uns einen passenden Comic-Film ausgesucht. Jeder der Charaktere hatte seine unverwechselbaren Sprüche, einmalige charakterliche Besonderheiten, die immer und immer wieder zur Freude der Zuschauer auftauchten. Es ging um den Alltag in einer Handwerkerfirma, der mit allerlei Tücken behaftet war.

Der alte Chef im Film war doch eher ängstlich und besorgt. Immer, wenn es wirklich brenzlig wurde, hatte er denselben Spruch drauf:

„Ich glaub, die Russen kommen!"

Es war sehr angenehm, von Christian an die Grenze geschaukelt zu werden. Die litauischen Kontrollen waren

118

unkompliziert. Durch das Grenzgebiet rollten wir nun an den russischen Kontrollpunkt heran. Wir hatten ja schon eine ungefähre Vorstellung davon, was uns erwartete. Die Pässe wurden eingesammelt und nach einer erstaunlich kurzen Zeit wieder ausgehändigt. Was wir aus Litauen mitgenommen hätten, wurden wir immer wieder gefragt. Christian behauptete uns gegenüber hinter vorgehaltener Hand, dass sein Bus auf dem Rückweg aus dem Osten immer eher einem Bernsteintransporter ähneln würde als einem Reisebus. Nun, die Kontrolle lief ohne Beanstandungen ab. Christian wollte gerade anfahren, da wurde unser Bus nochmal an die Seite gewunken und zum Stehen gebracht. Was sollte das? Uniformierte mit strengem Gesicht wendeten sich unserem Fahrer zu. Christian öffnete die Tür, hatte ein kurzes Gespräch. Wie verständigte er sich nur? Schon stieg eine vielköpfige Gruppe uniformierter, russischer Grenzmitarbeiter ein. Wir waren überrascht und fragten uns, was als nächstes passieren würde. Sollte es verschärfte Kontrollen geben? Wurde nach Bernstein gesucht? Hatten wir ein Zollvergehen begangen? Der Bus war ja wahrhaftig mit uns wenigen Reisenden nicht voll besetzt. Als die zugestiegenen Gäste sich wie selbstverständlich im Bus bewegten und bald schon unter uns saßen, waren wir als Reisegruppe eindeutig in der Minderheit. Das Selbstbewusstsein, mit der unsere neuen uniformierten Mitreisenden sich einen Platz suchten, war schon ein wenig unheimlich. Was sollte das? Christian machte nun eine Ansage.

„Wir haben, wie sie sehen, einige neue Reisegäste bei uns. Es handelt sich um Mitarbeiter der Grenzkontrolle, die jetzt Feierabend haben. Sie haben keine Linienbusverbindung an ihre Wohnorte Cranz und Kaliningrad, so dass wir sie auf dem Weg, den wir ja ohnehin fahren, mitnehmen können."

Die Situation, unter uniformierten Kontrolleuren zu sitzen war schon ein wenig gewöhnungsbedürftig. Plötzlich fiel mir der Film ein, den Christian ja gerade über alle Busbildschirme laufen ließ. Der Satz: „Ich glaub, die Russen kommen!" fiel etwa alle 10 Minuten und wenn ich mich recht erinnerte, gab es in dem Film eine Szene, in der die Russen für eine Explosion verantwortlich gemacht wurden, die ihr gefürchtetes Erscheinen keinesfalls in ein günstiges Licht rückte. Zumindest der Ausruf wäre nun wieder bald zu erwarten gewesen. Wenn unsere Gäste nur ein wenig der deutschen Sprache mächtig gewesen wären, hätte der Satz auch als Affront gewertet werden können. Ich hörte im Geiste schon:

„Ich glaub, die Russen kommen." Oder schlimmer noch: „Die Russen sind da!"

Zum Glück war aber auf Christian bedingungsloser Verlass, oder war es der Bus, der hier auf geheimnisvolle Art mitgedacht hatte? Er war ja in Grenzsituationen schon zuvor durch außerordentliche Flexibilität aufgefallen.

Ich blickte auf einen der Bildschirme und sah da nun plötzlich einen Dokumentarfilm über die Schönheiten der Stadt St. Petersburg mit goldblitzenden Prunksälen.

„Wie hat unser Fahrer das nur so schnell geschafft?"

„Christian weiß eben über den Empfindlichkeiten der Menschen bestens Bescheid, er ist ein Globetrotter."

„Er ist nicht nur ein Globetrotter, er ist ein Zugvogel, der alle Orte kennt und schätzt und zusätzlich zum Wegfliegen berechtigt ist."

„Ja, die Luchse müssen unterirdische Bauten errichten und hoffen, bei Gefahr in den richtigen Gang zu geraten. Die Vögel können einfach wegfliegen." Dieser Gedanke gefiel uns. Unsere Begleiter stiegen nach und nach aus, bis wir wieder ohne Aufsicht im Bus saßen. Wir fuhren durch Königsberg zurück, diesmal ohne Tatjana, die ich vermisste. Vorbei war es auch an den träumenden Kühen gegangen, an den nebeligen Fenstern vor den weißen, tanzenden Wolken. Danach reisten wir dann schon wieder aus der Oblast aus. Wieder gelangten wir an die doppelte Kontrolle, jetzt zwischen

Russland und Polen. Diesmal war ich sehr schläfrig, so dass ich die Sache beinahe versäumte.

Aber an Rolfchens kaltem Grab war ich wieder wach, um an ihn zu denken.

„Was ist nun mit Otto?", erinnerte mich mein Mann.

„Das Notariatsbüro wird uns erinnern, wenn wir nicht selbst tätig werden."

Das erschien meinem Mann wie eine Vertröstung, eine Vermeidung, die ihm gar nicht gefiel.

„Wir müssen unsere Entscheidung aussprechen und beschließen. Mein Vorschlag dafür lautet so: Otto hat dir das Haus vermacht, weil er uns kannte. Er wusste genau, dass wir die Vergangenheit des Hauses herausfinden würden. Wenn nicht wir, wer sonst? Damit war ihm klar, wie wir verfahren würden und das soll auch so geschehen. Wir werden die Angelegenheit zu einem Ende bringen. Das wird mit sehr viel Arbeit verbunden sein und wir wissen nicht, was sich ergeben wird. Also: du trittst das Erbe an. Danach werden wir gemeinsam herausfinden, was aus der Familie von Dr. Levi geworden ist. Die Nachkommen werden das Haus zurückerhalten, wenn sie das möchten."

„Und wenn wir herausfinden, dass alle verschleppt und vergast sind?"

„Das wäre sehr, sehr schrecklich. Ottos Familie ist auch unsere Familie. Wir müssen uns dem Schrecken stellen. Ich rede jetzt aus dem Abstand so. Aber ich denke, es bleibt uns nichts anderes übrig. Es ist eine furchtbare Last, die wir auf uns nehmen müssen. Was auch immer geschehen ist, was auch immer daraus resultiert, wir müssen es herausfinden und dann werden wir sehen, was daraus wird."

Jetzt war es an mir, auch für die furchtbarste Möglichkeit etwas zu überlegen.

„Wenn alle tot sind, wenn alle verschleppt und verschwunden sind, dann werden wir das Haus der Erinnerung an die Familie widmen. Wir schaffen das und finden einen Weg."

Das klang nach einem Schlusssatz.

„So soll es sein. Wir machen es ganz genau so. Ich rufe den Notar an und teile ihm mit, dass ich das Erbe antrete. "

Die Sonne hatte uns offensichtlich adoptiert. Sie war auch an diesem Tag wieder bei uns.

„Dies war also eine Reise in die Vergangenheit", stellte mein Schatz fest.

„Eigentlich sind wir in der Wirklichkeit, die die Gegenwart ist. Schuld ist der Bus. Wenn man die ganze Zeit im vollklimatisierten Vakuum sitzt, ist es kein Wunder, dass die Zeitverhältnisse sich verschieben", versuchte ich zu erklären.

„Nein, mein Schatz, es ist nicht der Bus. Alles, was wir gesehen und gehört haben, war die Wirklichkeit der Menschen hier. Du wolltest es so. Du wolltest eine Reise machen und die Vergangenheit und die Gegenwart dabei treffen. Das hast du nun auch getan. Da darfst du dich nicht beschweren."

„Ja, es ist so. Ich musste etwas mit der Last machen. Ich musste etwas mit den alten Geschichten machen und ich musste die Menschen treffen, da wo sie jetzt leben und hören, was und wie sie es zu sagen haben. Und ich musste zu Rolfchen fahren, die Autobahn sehen, darauf herumfahren. Nur so konnte ich aus der Rolle der Zuschauerin herauskommen und eine werden, die beteiligt ist. Nur so konnte ich einen Zugang versuchen zu finden."

„Und, was hast du gefunden?", fragte mein Schatz.

„Das, was du auch gefunden hast. Ich fand Reste von Zerstörung und Untergang. Ich fand Hass und Liebe, Chaos, Irrsinn und Not. Wir trafen Menschen, die schwer gezeichnet überlebt haben, schrecklich."

Ich schwieg und der Bus rollte weiter. Etwas steckte noch in meinem Kopf.

„Es ist so fürchterlich, erfahren zu haben, dass das, was ich für die Katastrophe hielt, nur ein Teil des Wahnsinns ist. Ich kannte nur die Geschichte von Rolfchen, die von Otto und glaubte, dass das die ganze Wahrheit war. Hier steckt aber in jedem Haus, in jedem Menschen, an jeder Ecke eine weitere Geschichte, die mindestens ebenso erschütternd und ebenso verrückt ist wie die von Rolfchen. Und es sind Geschichten von Deutschen, von Litauern, von Polen und von Russen. Alle Geschichten handeln von Leid und Not. Ich danke Jewa für alles, was sie uns hat verstehen lassen. Es ist schrecklich, aussichtslos und lebendig zugleich. Ich bekomme Angst. Ich möchte doch Versöhnung und Frieden und fand nur Leid und tiefe Verletzungen, die nur Gräben aufwerfen können, nichts sonst."

Christian rollte nun mit uns in seiner bekannt versierten Art durch engste Gassen einer polnischen Stadt, deren Namen wir nicht aufgenommen hatten. Wie waren hier angekommen? Hatte Christian wieder die falsche Abfahrt genommen, wie er uns auf dem Hinweg schon erklärt hatte? Christian fuhr weiter, kurbelte am Lenkrad und vermied geschickt Blessuren für seinen Bus. Wir waren aber in die Reusen eines Busfängersystems geraten. Die Straßen wurden immer enger und so kamen wir natürlich am Ende in dem letzten Netz an der Fangstation zum Stehen. Es war eine Sackgasse. Christian fuhr nur sehr ungerne rückwärts, vor allem, wenn es eng war. Das hatten wir gelernt. So steckten wir am Ende der Sackgasse fest. Wohin waren wir gelangt? Was sollte das?

Wir schauten hinaus und erblickten ein Lagerhaus. Es war ein altes Lagerhaus, es war aus roten Backsteinen errichtet. Das Haus war sicher mehr als hundert Jahre alt und verstellte uns den Weg.

„Schaut mich an! Das hier ist das Ende des Weges. An mir kommt niemand vorbei!", schien es zu sagen. Wir schauten hin. Der Eingang des Hauses war ein großes Tor, darüber prangte ein Fenster in ornamentaler Maurerarbeit.

„Weißt du, was das hier ist?", fragte mein Mann.

„Sieht aus wie ein Lagerraum für Elektroartikel, wenn mich nicht alles trügt. Da ist ein Schild, das ich so verstehe, oder?"

„Nein, das mein ich nicht. Ich mein, ob du siehst, was das früher mal war. Sieh dir mal das Fenster an. Da ist der Davidstern eingemauert. Das hier war mal eine Synagoge. Sie ist nicht abgebrannt und nicht zerstört worden. Vielleicht war hier in dieser Stadt zur Zeit der Zerstörungen kein deutsches, sondern polnisches Staatsgebiet. Ich weiß nicht genau, wo wir sind."

Ich hatte das Gefühl, dass Christians Bus uns dahin gefahren hatte, wo wir auf dieser Reise noch sein mussten und sagte:

„Ja, an die Menschen müssen wir auch denken. Wir dürfen sie nicht vergessen. Die Juden, die verschwunden sind, geflohen, getötet, verschleppt. Auch sie gehörten hierher. Das hier war ihr Zuhause, ihre Heimat. Ein weiterer Grund, sehr traurig zu sein."

Christian hörte uns nicht zu. Er war maximal unter Spannung, denn nun musste er den Rückwärtsgang einlegen. Im langsamsten Tempo schob der Bus sich durch die Gasse zurück.

„Von hier kommt man nur im Rückwärtsgang zurück. An einer Synagoge darf man nicht einfach so vorbeifahren. Es musste so kommen", sagte ich.

„Du übertreibst vielleicht ein bisschen mit der Symbolik. Könnte das sein? Ich halt es gleich nicht mehr aus. Gibt es denn nur Schrecken und Leid, Not und Untergang in diesem Teil der Welt? Gibt es keine Hoffnung, keinen, auch keinen winzig kleinen Grund zur Hoffnung, oder zur Freude, ich mag das Wort kaum aussprechen?", fragte mein Mann.

„Na, was könnte das sein?", überlegte ich, während Christian langsam wieder Rangierfläche unter den Reifen hatte. Mir wollte einfach nichts Tröstliches in den Sinn kommen. Aber es musste doch etwas geben. Was konnte das nur sein? Auf gar keinen Fall wollte ich zurückkommen und nur Leid und Not im Gepäck tragen. Ich versuchte, einen Ausweg zu finden.

„Vielleicht könnte es das sein, was vor der Katastrophe aus Deutschland hier war? Wir haben da doch wirklich viel gefunden. Da gab es Menschen, die Vögel beforschten, die Reisen machten, die dichteten, die Ferienhäuser auf Dünen bewohnten, die ihr kleines Leben glücklich auf der Nehrung lebten, fischten und einander Märchen erzählten. Mir scheint, dass es damals eine Zeit gab, in der die Menschen eine Art des Miteinander gefunden hatten, die funktionierte. Mit Haken und Ösen funktionierte sie, aber immerhin. Wichtig ist, dass keine Dogmen und keine verrückten Ideologien Menschen einteilen und bewerten, dass keine wahnsinnig geworden Diktatoren Menschen in sinnlose Kriege schicken und dass alle, die Menschen wegen irgendwas, das sie sich ausdenken, vernichten wollen, sofort in stationäre Behandlung geschickt werden, denn sie sind wahnsinnig. Was meinst du dazu?"

„Erklärungen zu finden ist sicher sehr schwer, vielleicht unmöglich", meinte mein Schatz.

„Ich will es aber erklären, denn das ist der einzige Schutz davor, dass es wieder passiert. Ich will nicht, dass all das jemals wieder über die Menschen und über Rolfchen hereinbricht."

„Aber du hast dich auch um die gedrückt, die hier all die Schrecken angezettelt hatten. Das waren doch auch Menschen, oder? Das waren Menschen aus Deutschland. Deutsche. Menschen, die vielleicht sogar aus unserer Familie kamen, Vorfahren von Otto und damit von dir und auch von mir. Was ist mit denen?"

Der Bus rollte. Ich schwieg. Er hatte recht, mein Mann. Es war richtig. Ich konnte nicht alles beklagen und nicht an die Täter denken. Ohne sie hätte es all das nicht gegeben.

„Du hast natürlich recht. Sie gehören dazu, sie sind die Verursacher. Ich möchte aber mit denen nichts zu tun haben. Ich möchte sie nicht kennen, ich möchte sie nicht beachten, nicht mit ihnen sprechen. Ich halte das nicht aus. Muss ich das aushalten, sag mal?"

„Wahrscheinlich ist das so. Aber vielleicht ist das mit Ottos Haus nun unsere Art, sich auch diesen Leuten anzunähern. Komm man, wir schaffen das."

Wir waren in tiefe, schwere Gedanken versunken. Das sollte nun das Ende unseres Urlaubes sein?

„Das sind mir schöne Ferien. Ich fahr nur weiter, wenn wir im nächsten Sommer die Reise nochmal machen. Dann haben wir Ottos Haus schon fertig bearbeitet und können uns endlich dem widmen, was hier jetzt so los ist. Ich möchte zu einem litauischen Gesangsfest gehen und mitsingen, auch wenn ich nichts verstehe", sagte ich. Und wozu hättest du Lust?

„Ich möchte einmal mit dir allein mit der Baltas Perlas oder einer ihrer Schwestern in den wunderschönen Fluss fahren und darin baden. Ich möchte durch die Innenstadt von Klaipėda bummeln und in dem kleinen Café an der Nehrung alle Speisen essen, die wir so kühn benannt haben. Und ich möchte wissen, wo Jewa wohnt und wie ihr Mann heißt."

„Das mach ich aber nur mit, wenn wir endlich einmal ein Zimmer mit Doppelbett und ordentlich dicken Wänden bekommen. Das Badezimmer ist mir egal."

Christian rollte mit uns wieder zur Zwischenübernachtung in das Hotel mit den Leuten ein, die diesmal ihre Gartenarbeiten schon fertig hatten. Eine letzte Nacht in getrennten Betten galt es zu noch bestehen.

Nach dem Frühstück kam die letzte Grenze auf uns zu.

Munition hatten wir immer noch nicht dabei.

„Mein Pass ist schon ganz knüterig."

„Wat ist dat denn, knüterig? Du bis hier mit nem echten Lorbass aus Ostpreussen zurückgekommen, mein Marjellchen. Denk man lieber an die ganzen Bernsteinketten im Bauch des Busses. Ich glaub, dass man daraus ein ganzes Zimmer, das verlorengegangene Bernsteinzimmer, wieder aufbauen könnte. Egal!"

Am Ende saßen wir wieder beim Kaffee in Gudow. Mein Herz schmerzte, als es verstand, dass die Eindrücke der Reise bald schon den Notwendigkeiten des Alltags weichen würden.

„Wie Kater Paul wohl alles überstanden hat?"

So richtete mein wunderbarer Ehemann meine Gedanken auf unser Zuhause, auf die Zukunft. Das tat gut.

„Der süße Paul wird uns wie immer zwei Tage erkennbar verachten, denn er war ja eingesperrt. Aber nach den üblichen Versöhnungsversuchen und seiner Befreiung wird er auch wieder gnädig zu stimmen sein."

„Alles wird gut."

„Wie gut, dass ich die Radlerhosen eingepackt hatte. Sie liegen frisch gewaschen und absolut ungetragen im Koffer. Wenigstens ein Teil, das ich sofort anziehen kann."

„Wie gut, dass ich meine Hose noch in der Nacht vor der Abreise gewaschen hatte. Jetzt hat sie´s wieder nötig."

Und damit waren wir wieder in unserem Alltag angekommen, mit Rolfchen im Gepäck.

Die mit einem Sternchen gekennzeichneten Textstellen auf den Seiten 22 und 23 sind Zitate aus dem Roman: „Schloss Gripsholm – Eine Sommergeschichte" von Kurt Tucholsky (1890 – 1935), erschienen 1931 im Rowohlt Verlag Berlin.

Zur Autorin dieses Buches:

Ulrike Wendt, geboren in Kiel, ist Ärztin und Schriftstellerin. Sie verbindet in ihren Werken zeitübergreifend Welten. Das gelingt ihr besonders unter Einbeziehung der speziellen Einsichten, die nur aus den grundlegenden Kenntnissen einer erfahrenen Psychiaterin resultieren können.